Kadokawa Fantastic Novels
U0074907
1
我和班上第二可愛的
女生成為朋友
たかた [彩頁、內頁插畫] 長部トム

「朝凪，妳最近是不是心情挺好的？
該不會是遇到了什麼好事吧？」
「咦，是嗎？
海，也告訴我嘛～」
✦天海夕 —— Amami Yuu
眾人公認的班上No.1美少女。
與海是從國小就認識的好友。
✦新田新奈 —— Nitta Nina
常和海以及夕一起行動。
很在乎朋友，面對朋友與
非朋友的態度落差極大。

「妳在說什麼啊，
我一直都是這樣吧？」
朝凪海 ——Asanagi Umi
成績優秀並且待人和善，
男生們都說她是「班上第
二可愛的女生」。

✦前原真樹 —— Maehara Maki
不停轉學，始終沒學會如何交朋友
就升上高中，與興趣相投的海一見
如故，於是她成了第一個朋友。

「和前原一起玩的時間很開心，
所以我很喜歡。」

正要回頭看向朝凪的瞬間，
一陣柔和的甜香，
以及柔軟的觸感籠罩著我。
原來是朝凪從背後抱住我——
我發現這件事，已經是朝凪
伸手環抱我的幾秒鐘之後。
「咦？咦？」
「……前原，笨蛋。」

欸欸，前原。

幹嘛？有什麼事？

呵呵，會是什麼事呢？你猜猜看？

不要自己開口還要人猜謎。

有什麼關係嘛。反正前原也很閒，玩一下嘛。

我沒說過自己無聊吧……

不然你很忙嗎？

……沒辦法，我就奉陪一下吧。

在這之前，我的問題呢？你很忙嗎？工作跟我哪個重要？

妳連問題都變了吧……

不過我確實很閒，朝凪確實很重要就是了。

……哼～

怎樣？

原來前原覺得我很重要啊～

……抱歉，忘了吧。

咦～要不要忘呢～

我和班上第二可愛的女生成為朋友 1

たかた

[封面插畫] 日向あずり

[彩頁、內頁插畫] 長部トム

Kadokawa Fantastic Novels

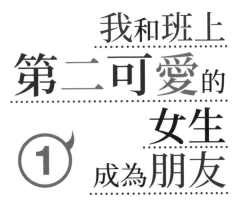

CONT

I became friends
with the second cutest girl
in the class.

目錄

序章 012

1. 朝凪海這個女生 026

2. 第二剛剛好？ 051

3. 朝凪海與天海夕 103

4. 兩個人的校慶 177

5. 一直以來，從今以後 248

終章 306

後記 314

CONTENT

序章

我害怕春天。

當然了，我說的不是氣候。溫暖的陽光與輕輕撫過臉頰的微風，從大樓陽台俯瞰河岸的櫻花樹，以及填滿整條路的櫻花色地毯——這些充滿春天氣息的景色我都很喜歡。我又特別怕冷，冬天是我的天敵，所以從這個角度來說，春天甚至是我引頸企盼的季節。

那麼春天究竟有什麼問題呢？

「嗚哇啊啊啊，不妙，睡過頭啦啊啊啊啊啊！等等，真樹，你為什麼不叫我啦？虧我還拜託你，要是我七點還沒起來就要叫我……」

「我有叫妳喔。媽媽不也說『醒了』嗎？」

「不可以相信睡覺的人說的『醒了』啦。家庭醫學裡多半也有這麼寫。」

「才沒有……不，也許是有。要吃早餐嗎？」

「給我咖啡就好。」

「好好好。」

我——前原真樹，將用來提神的咖啡，遞給慌慌張張準備上班的媽媽——真咲。為了讓每天工作都很忙的媽媽能夠儘量多睡一會兒，我們說好早餐由我負責。

「真樹，高中的制服怎麼樣？」

「還能怎麼樣……如果是說穿起來舒不舒服，那麼還可以吧，還可以。」

「你又說得這麼漠不關心。」

「制服只有學生服和西裝兩種選擇吧。」

媽媽還在幸福地睡著回籠覺時，我已經做好上學的準備。

那是稍微偏亮的灰色西裝外套。由於家長工作上的需要而頻頻轉學的我，在國中之前都是穿學生服，所以許久沒打的領帶讓我覺得脖子不太適應。

「嗯，畢竟是制服。嗯，就是這樣啊。」

「這個停頓是怎樣……如果我穿起來不好看，直說就好了。」

「只是尺寸對現在的真樹來說大了一點。到了明年、後年，穿起來一定會很好看。」

「量制服尺寸的時候，我的身高比國三時縮水了一公分就是。」

明明沒長多高，實在不想相信自己是早熟型……如果到了明年都還是一樣的狀況，那可令人慘不忍睹。

「嗯，不用擔心，一定沒問題的。畢竟你是我兒子。」

「這是當下這個瞬間最沒有說服力的話，這樣好嗎？」

……眼下也許應該認真考慮，要不要把制服衣袖和褲子的長度改一改。

「好了，媽媽要出門了。」

「慢走。今天工作還是老樣子？」

「正常營業。」

媽媽在一家小出版社上班，從離家最近的車站搭電車要三十分鐘左右，回家時幾乎都是深夜，而且一到旺季還經常要在公司過夜。雖然擔心她的身體，然而現況就是我和媽媽兩個人生活，考慮到家計問題，也沒辦法挑三揀四。

「欸，真樹。」

我來到玄關送媽媽出門，媽媽喃喃開口。

「什麼事？」

「……但願你能交到朋友。」

「……交不到也過得下去啦。」

「哎呀，又在逞強。明明很怕寂寞。」

「妳、妳很囉唆耶。不用管我了，好啦，快去快去。」

「啊，真是的……那麼今天也去上班賺錢啦。」

「就是這樣。那麼路上小心。」

「我出門了。」

目送媽媽一如往常地小跑步跑過走廊後，開始收拾廚房。

「朋友……有的話當然最好……不過。」

季節是春天。四月。

新年度、新學期——屬於離別的早春已過，現在是展開新的邂逅的月份。

我一直很害怕這樣的春天。

○

入學典禮結束之後的第一次班會。

如果未來想要過著良好的高中生活，那麼非得平安度過這關不可。

至於同班同學第一次見面，最初要做些什麼，那當然就是——

「呃……各、各位同鞋……各位同學！」

「老師，最重要的時候竟然第一句話就吃螺絲，這是怎麼了～」

連長相與名字都還不知道的學生們開口吐槽的瞬間，班上緊張的氣氛也緩和下來。

「對不起喔，各位同學，這是我第一次擔任班導，所以有點緊張……呃～我的名字是八木澤美紀。接下來的一年裡，要請各位同學多多指教……呼、呼～總算說出口了。」

「這下以後怎麼辦啊～」

雖然班導讓人有點擔心，但多虧老師先出了洋相，班上的氣氛可以說還不壞。

聽說她之前都是擔任副班導，像這樣擔任班導還是第一次，這也就難怪會有這種瞎忙的情形了。

「……我自己的介紹就到這裡，接下來如果大家可以讓老師多了解你們，老師會很高興的……所以呢，雖然老套，剩下的時間就是自我介紹時間。」

來了。每到新學年就一定會有這段討厭的時間。

一直以來我做過很多次自我介紹，但是每次都會不由得緊張。

這是人人平等，無可避免會集全班矚目於一身的事件。

「總之先依照班號順序……在這之前，有沒有愛出風頭，想當第一棒的同學？」

「「……」」

八木澤老師舉手環顧眾人，不過只有這個時候，包括我在內的所有人都若無其事地撇開視線，以免成為老師的目標。

「好的，我就知道會這樣。所以我做了這個……來，每個人拿一張，然後傳給後面的同學——」

老師從夾在點名簿裡的信封中拿一疊名片大小的紙片。

（嗚哇，是這種東西喔……）

一看到從前面傳來的紙片，我的心情就沉重了些。

☆　自我介紹卡

姓名：

來自哪所國中：

興趣、專長：

喜歡的東西（食物、人等等）：

對班上同學說一句話：

「請大家把必填項目都寫在卡片上，收齊以後由老師隨機抽選。老師會根據卡片上寫的內容提問各式各樣的問題，大家回答老師的問題……如何？這是我為了消磨第一次班會的一小時，絞盡腦汁想出來的下下策。」

老師多餘的發言姑且不論，她統一問題內容雖然稱得上平等，但是對於我這種只想說一句「我是〇〇，請大家多多指教（完畢）」的人來說，就會有點難受。

姓名和來自哪所國中是還好，但其他幾項讓我有點不知道該如何作答。

然而也不能因為這樣就不記名，所以在祈禱可以順利結束之餘，還是先把各個項目全都填滿再說。

不過考慮到班上的人數，一個人的回答時間不到兩分鐘，應該不會問得太深入吧。

之後只要能在老師和大家的專注力漸漸降低的後半段才中籤，接著再隨口應付——

「好的。那麼光榮的第一棒是……呃，前原同學？」

「…………」

……為什麼會這樣？

「前原同學？你在哪裡？」

「……有。」

以前從來不曾中過這樣的下下籤……讓我才剛站上起跑線，就已經對高中生活的未來充滿不安。

至於自我介紹時的情形，由於我太過緊張，並未留下任何記憶。

唯一確定的是我很正常地搞砸了。

以往別說朋友，連點頭之交程度的同學都沒有的我，實在承擔不起第一棒的大任。

完成第一棒的工作，澈底爆炸之後，我傻傻地看著後面的同學自我介紹。

多半是因為我一開始就出糗，讓大家放心覺得「不會比這傢伙還慘」，自我介紹就在和樂融融的氣氛下順利進行。

作為參考，我在自我介紹卡上寫的內容是這樣的。

姓名：前原真樹
來自哪所國中：松原國中
興趣、專長：電玩等等
喜歡的東西（食物、人等等）：沒有
對班上同學說一句話：請多多指教。

也是啦，現在回想起來，就覺得可以理解老師想要吐槽的心情。因為如果第一棒就這樣，班會多半會比預料中提早很多結束。

我在有記憶的範圍裡，回想我與老師的問答。

「前原同學是讀松原國中……這是在哪裡？不是附近的學區吧？」

「在隔壁縣。我是在國三的冬天搬到附近。就是所謂的家庭因素。」

「啊，是這樣……再來的專長、興趣是電玩……好吧，我知道最近流行一些建設村子之類的遊戲，是沒關係啦。喜歡的東西是『沒有』……像週末之類的假日，難道都沒有一些小小的樂趣嗎？」

「……硬要說的話是有一個。」

「喔，明明就有嘛。那就告訴大家是什麼吧？」

「呃、呃……星期五家母因為工作，我一個人在家……也就是叫個外送披薩之類的，然後一邊喝著可樂，一邊用客廳的大電視懶洋洋地玩遊戲，或是用電腦看影片……」

「咦……還有呢？」

「還……還有……對了，像是電影之類的。」

「很好啊。你都看些什麼？」

「鯊、鯊魚片或是鱷魚片之類的……而且我喜歡所謂的B級片……吧。硬要說的話大概就是這些……」

「喔、喔喔……鯊魚和鱷魚啊。」

由於我不想加油添醋或是說謊，所以毫不隱瞞地老實回答了，不過現在回想起來，感覺也許太老實了。就算是電影，這也未免太小眾了。

總之，這樣一來我在班上的定位幾乎就此決定。

只不過我是個孤單到彆扭的人，所以哪怕沒有出糗，說不定結果也不會改變。

「那麼下一位……呃，天海同學？」

「有～！」

剩下大約十個人時，一個宏亮開朗的說話聲迴盪在教室裡。

那是有著一頭飄逸的金色長髮，眼睛反射水藍色光芒的美少女。

看到她的模樣，全班——不對，主要是男生看得目不轉睛。

其中當然也包括我，這是因為她的容貌明顯比其他人突出，我覺得不太真實，感覺她就像是從虛構世界裡跳出來的人。

「我是天海夕，天空的天，夕陽的夕！老師，還有班上的同學們，接下來的一年還請大家多多指教！」

「嗯，彼此彼此……呃，妳的頭髮漂亮得讓人羨慕，關於這點方便問一下嗎？」

「當然可以。呃，我的外婆是外國人，經常有人說我和她年輕的時候一模一樣。」

原來還有這種事。我從小時候便轉過很多間學校，還是第一次看到這麼顯眼的容貌。

「出身國中是橘女子中學……記得這間學校不是基本上都是直升嗎？」

「是啊。可是周圍只有女生，所以覺得高中還是男女合校比較好……對吧，海？」

「……不要突然把話題丟過來。」

這時天海同學對著坐在她前面的女生搭話。

那是個留著短髮，給人中性印象的女生。從我的座位上只看得到側臉，但是我想她多半眉目清秀，有張漂亮的臉孔。

如果不是有天海同學，想必她會成為班上的偶像吧。

——喂，我們班的水準會不會太高了？

——就是啊。我們搞不好挺幸運的。

我聽見這樣的說話聲。

「欸，海，既然妳都開口了，要不要趁機自我介紹？老師，可以吧？」

「嗯。畢竟時間也有點趕了，可以麻煩妳嗎，朝凪同學？」

「好草率啊……是沒關係啦。」

被老師指名的朝凪同學一邊嘆氣，一邊很有規矩地起立。

她的身材修長，身高在女生當中也算是高的。也許比個子不高的我還要高一些吧……好難受。

「我是朝凪海。就讀的國中和後面這傢伙同一間。沒想到上了高中還分在同一班，老實說真的很煩。我累了，所以還請大家好好疼愛她。」

「等等，海，這會不會太過分了？說得我像隻被拋棄的小狗一樣。」

「會嗎？那就『個性乖巧，不會咬人』這樣。」

「那完全就是狗！連好像都省了！」

聽到她們兩人的對話，全班都發出了笑聲。

如果只聽談話內容，會覺得彼此之間摩擦很嚴重，但是從她們開心的模樣看來，那多半是她們的日常吧。

這兩個人在接下來的一年裡，將會是班上的核心人物。剛才的對話不禁讓我這麼想。

雖然這些事始終和我無關就是了。

於是理所當然沒能融入班上的我，在接下來的幾個月裡都是一個人度過高中生活。在只要有一個月的時間，就會讓新的社群圈子大致成形的狀況下，過了好幾個月。

坦白說，這真是令人絕望。

我在學校與家之間往返，假日就待在家裡一整天，日常可謂千篇一律。

我已經習慣一個人。然而這並非是我喜歡孤獨。

即使在放學之後，也會留在教室裡聊些沒營養的蠢事聊得很開心，或是和夥伴們一起參加社團活動……老實說，我也曾有過嚮往這種生活的時候。

只是一旦扭曲的個性即使想要矯正，讓自己想這麼做的勇氣也會逐漸淡去。

——即使交不到朋友，日子也過得下去。

我就這樣把以前對媽媽說過的話說給自己聽。然而——

『（朝凪）　欸，前原，今天想去你家玩，可以吧？』

過去除了雙親以外，從來沒有其他聯絡人的手機收到訊息了。

沒錯，這樣的我，交到了第一個朋友。

而且還是女生。

朋友的姓氏是朝凪。

正是「班上第二可愛的女生」。

1. 朝凪海這個女生

朝凪同學有了「班上第二可愛的女生」這個稱號（主要是班上的男生背地裡這麼叫），是在入學典禮之後的事。

理由就出在同時也是朝凪同學好朋友的天海同學身上。

「唉～這週總算也結束啦～欸，海，我第五和第六堂課都只有打瞌睡就撐過來了，稱讚我吧～？」

「不，那就是有打瞌睡啊。如果想被稱讚，就要老實醒著。」

「嗯～這就強人所難了～午餐吃得飽飽的竟然要聽念經，怎麼撐得住嘛。」

「那不是念經，而是倫理課啊，倫理。」

她們一如往常和樂融融，天海同學還撲上去抱住朝凪同學。

是由大家都很熟悉的兩名班上核心人物，在教室裡獻上的尊貴（？）場面。

——今天天海同學也是天使啊。

——只要有她的笑容，就覺得不管什麼樣的課都能忍耐。

耳朵可以聽見班上同學的竊竊私語，至於話題的中心，就是全校屈指可數的知名美少女天海同學。

——朝凪絕不算差……不，應該說是很好。

——不過和天海同學相比，還是會被蓋過啊。

因為班上有即使把高年級生也算進來，外貌依舊出類拔萃的天海同學——就因為這種失禮的理由，讓朝凪同學成為「班上第二」。

雖然沒有人會當面這麼說，但是這樣的評價想必也傳進她的耳裡。

明明朝凪同學什麼都沒做，卻說得好像低人一等。儘管多少也含有見不得別人好的成分，但是就連我在一旁聽到都會覺得不太舒服。雖然由我來生氣也未免太莫名其妙。

「前原同學，你怎麼了？」

「大山同學……不，沒事。」

隔壁座位的大山似乎對我的態度覺得不解，問了我一聲。他是個體型與我差不多，戴著無框眼鏡的同學……可悲的是他絕不算是朋友。就只是忘了帶教科書時會借他一起看，但是彼此的認知都只有「點頭之交」的程度。

這就是我從事幾個月校園生活的成果。

不管怎麼說，過去的事情就拋在腦後，趕快收拾東西回家吧。

今天是週末星期五，明天和後天都放假，對誰來說都是無敵的時間。

這時不應該想別人的事，好好獨自度過悠哉的時間。

「欸，海，都星期五了，我們放學出去玩吧。像是遊樂場或是ＫＴＶ。」

「呃～抱歉，夕，今天我就不去了。」

「咦？怎麼了怎麼了？有什麼重要的事嗎？」

「嗯，算是吧，差不多。我有想看的電影。」

電影。

聽到這個關鍵字，我不由得豎起耳朵。我記得自我介紹時，朝凪說過她對各種戶外運動都有興趣，沒想到還有看電影的興趣。

話說回來，她看的多半是海外的知名電影吧。我看的類型有點偏，那樣才算正常的。

「喔～怎麼樣的電影？動作片？愛情片？如果感覺好看我也想看。」

「……呃，是這個啦。」

朝凪同學多半是打開作品介紹網頁的畫面，拿給天海同學和旁邊的同學看。

結果天海同學平常明亮的表情，稍微變得黯淡。

「……看吧，果然是這種反應。」

「啊，沒有沒有，我也不是否定海的興趣……」

「可是，妳覺得沒意思吧？」

「這……是啦，嗯。至少我應該不太有興趣，對不起喔。」

「沒關係。就是因為知道，我才打算一個人看。」

我擅自以為朝凪同學挑選作品的品味一定很好，但是看來不符合天海同學的喜好。

雖然我無從得知是什麼樣的內容，但是我感到有點好奇。

「所以今天就對不起了。我明天沒事，再另外約吧。好了，大家不是在等妳嗎？趕快去找她們吧。」

「嗯。可是明天說好嘍，一定要喔？」

「嗯，一定一定。」

朝凪同學邊說邊摸摸天海同學的頭——我側目看著這個景象，從她們兩人身旁走過。

到頭來，我把兩人的對話一句不漏聽進去了。做出偷聽別人講話的行徑很噁心，關於這點我很清楚，但是我就是好奇。

「……我不覺得這個興趣有什麼不好啦。」

我自顧自地說完之後，早一步離開教室。

走出校門，朝著與自家相反的方向走了大約十分鐘。

我去的地方名叫「披薩火箭」。看店名多少都能猜到，這是一家專做高中周邊地區外送披薩的店。

我平常度過週末的方式，就像我在自我介紹時忍不住說出來的那樣，趁媽媽不在家時叫外送披薩，一邊配著可樂吞下肚，一邊玩遊戲或看租來的電影，過著墮落的時光。

「歡迎光……啊，您好，難得看到您直接過來店裡呢。」

「你、你好……可以點餐嗎？」

「老樣子嗎？」

「……是的，那樣就好。」

由於我太常在這家店消費，說聲「老樣子」就好。要說有誰是外送披薩店的常客，這一帶可能也只有我吧。雖然一點都不高興。

在我點的餐點完成之前，坐在店內角落的椅子上，看著窗外的景色。

因為這家店離我們高中最近，有很多學生會從店旁邊走過。

有些人邊走邊喝飲料，也有人打鬧似的邊走邊甩書包。理所當然的是幾乎沒人落單。

「唉……」

我忍不住嘆氣。

我並不討厭在家裡沒大人的週末，過著自甘墮落的生活。這裡的披薩很好吃，而且無論遊戲還是電影都不斷推出有趣的作品，甚至讓我覺得時間不夠用。

但是有時候還是會不經意地感受到一股寂寞。

「朋友嗎……」

如果現在身邊有個朋友，那會是如何呢？聊些沒營養的話題哈哈大笑，或是看看電影，玩玩遊戲……那麼這段只是獨自發呆等待的時間，是否也能過得開心呢？

「我在發什麼愁啊……」

談論假設也不會改變狀況。既然如此，還不如提高獨行等級，讓自己更加享受現況要來得更有建設性。至少一定比什麼也不做，哭哭啼啼要好才對。

我為了拋開多餘的念頭而搖頭，拿起正好完成的餐點前往下一個目的地。

「上次過來已經是上個月了，不過這裡的氣氛還是一樣很棒。」

我踏進一間離披薩店不遠的影片出租店，看著格外昏暗的店裡自言自語。

這是個人經營的店家，沒放太多主流的作品，但是相對的主力商品確實打中冷門市場，所以顧客意外地多。

不過像我這種愛看B級片的人還是很少，這個時段以後的客人差不多都是去成人區。因此那區也占了店家面積的一半。

「喔，今天有幾部新進的片……」

一整排貼著「NEW！」字樣的標籤，寫著像是《生化奈米鯊魚》、《殺人鬼VS食人鯊in無人島》之類的片名，有種令人冒出問號的芬芳。看來是因為上週是鱷魚，所以這週是鯊魚。下週預告寫著殭屍之類的。

「新作也很好，不過今天我比較想看往年名作吧……」

如此心想的我把手伸向位於展示架上方的舊作區，無意間碰到從另一邊伸出的手。

那隻手比我的小，有著絲絹般的柔順觸感。

「啊，對不起……我只顧著選片，沒注意旁邊……」

「真是的，我從剛剛就待在旁邊，你竟然沒注意到……好過分喔，前原同學。」

「咦……」

「朝凪，同學。」

為什麼知道我的名字……轉頭往旁邊一看，瞬間大吃一驚。

「嗯，答對了。雖然是同班同學，不過這是第一次像這樣對話吧。」

「啊，嗯。說得，也是……」

找我搭話的女生，正是同班的朝凪同學。

「朝凪同學，今天不是有重要的事……」

「哎呀？前原同學，你聽到我剛剛跟夕的對話了？竟然偷聽，這樣不行喔～」

「……啊。」

糟了。我方寸大亂，不由得說溜了嘴。

「不，這個……抱歉。」

「呵呵，沒事啦。而且我們在教室裡那麼吵，不管怎樣都會聽見吧。反而是我要為好朋友說聲對不起。」

「哪裡，不好的是我……」

她似乎沒被嚇到，所以我姑且放心了。如果換作是天海同學或其他女生，就不知道會怎麼樣了。不管怎麼說，幸好朝凪同學人很好。

「啊，說到這個，你是問我有什麼打算對吧？對不起喔，前原同學。我對夕說的那幾句話，其實半真半假……我真正的目的是——」

朝凪邊說邊指著我的臉。

「咦？是、是我嗎？」

「對。我，有事，找你。ＯＫ？」

「啊，嗯……」

我不由得答應一聲，但是腦中仍然一片混亂。

朝凪同學和我應該沒有任何交集。

「看你一臉不明就裡的樣子。我可是拿出不小的勇氣……前原同學，這個給你。」

「唔！這是……」

朝凪同學遞給我的紙片，和四月看到的那個完全一樣。

☆　自我介紹卡

姓名：朝凪海

來自哪所國中：橘女子中學

興趣、專長：電影、電玩、讀書等等。室內活動都喜歡。最愛看B級片。

喜歡的東西：可樂等等。愛死碳酸飲料了。

對班上同學說一句話：找到同好了。如果對方願意與我和睦相處就太棒了。開玩笑的。

「哼哼，雖然和一開始自我介紹時寫的不一樣，不過如果認真寫，差不多就是這樣。如果像前原同學那樣老實寫的話。」

「……原來如此。」

我隱約明白她找我說話的理由。

興趣是看電影，但是天海同學她們的反應比較冷淡，這讓我隱約能夠猜到她似乎和我一樣，是熱愛同類事物的同好。

「欸欸，前原同學推薦的作品是什麼？在這個領域我還是初學者，所以自從你那次自我介紹之後，就有點想讓你教教我。」

「呃，這個嘛。如果完全按照我的興趣，那麼就像這樣……」

「啊哈哈，什麼《食人魚鯊》，不要把鯊魚縮小啊。而且這樣直接叫《食人魚》不就好了？還有封面逼真的尖叫表情也太無厘頭了。」

「就是啊。只有拚命想表達新意的這點值得鼓勵。」

「是啊。跟《功夫鯊魚》有共通的地方吧。」

「啊，那個我也知道。真是迷作。」

「不是名作對吧。」

「對對。」

就這樣，我和朝凪同學在幾乎不會有學生踏足的昏暗影片出租店角落，靜靜地，卻又開心地大聊我們共通的興趣。

從那之後，我和朝凪同學開始了不為人知的朋友關係。

只是就算交到朋友，我做的事當然還是不會因此有什麼劇烈改變。基本上我在學校不會和任何人說話，當然也不會和朝凪同學互道早安。

往來於學校與自家之間，回家之後不是看電影就是玩遊戲。

只有一點不同，那就是星期五的週末時刻多了朝凪同學。

「喲，前原。」

「喲、喲……」

如今正好是晚餐時間，朝凪同學來到我家。她手上的塑膠袋裡，多半裝著路上買來的寶特瓶裝可樂與各種零食。娛樂空間由我提供，所以她偶爾會像這樣帶東西過來。

店裡的飲料以同樣的分量而言價格偏高，所以考慮到錢包狀況，這真是令人開心。

「我已經跟店裡點餐了，跟我吃同樣的行嗎？」

「好啊。而且前原跟我的口味也大同小異……順便問一下，你點了什麼？」

「沒什麼，上次吃的口味比較清淡，所以今天點比較重口味的。」

停頓一拍之後，我和朝凪同學同時開口：

「『天使與魔鬼的大蒜＆起司＆照燒雞。起司、美乃滋加倍，大蒜增量三倍。』」

我們異口同聲了。

「前原，你挺有一套嘛。」「還好啦，這是一定要的。」

該說我們果然是同好嗎？我萬萬沒想到連對於食物的喜好也這麼接近。這個口味理應會讓女生敬而遠之，但是朝凪反而有著喜歡滋味和氣味更加濃郁的傾向。

過不了多久，我點的餐點送到了，於是我們拿到餐桌……不是放在桌上，而是直接放在電視所在的客廳地毯上。

「總之本週辛苦了。」

「嗯，辛苦了。」

我們用倒滿可樂的玻璃杯乾杯，滋潤乾渴的喉嚨。

獨特的風味、甜味，以及適度的碳酸刺激滑過喉嚨。

「前原，今天要玩什麼遊戲？又要去打獵收集素材嗎？」

「我覺得那也可以，不過今天有種比起合作更想對戰的心情。」

我單手拿著每人一個的大披薩，另一隻手拉出放在電視櫃下面的遊戲主機。

接著拿出的遊戲類型是ＦＰＳ。就是以玩家的視角執行任務，有時候還要瘋狂開槍解決目標的那種。我一個人玩的時候，差不多都是玩這類。

「喔，玩這個嗎？竟然學不乖地找我挑戰，看我今天也用子彈打你的屁股，讓你的屁股變成兩個洞。」

「妳上週明明十戰十敗。」

「我、我在家有好好特訓過了……今天就會讓勝場數變成五五波，所以沒關係！」

「好好好。」

我們先用紙巾擦手，然後開始遊戲。對戰模式是先贏十場者獲勝。

「啊！你這傢伙，那是我的槍！卑鄙！」

「戰場上哪有什麼卑鄙不卑鄙。先搶先贏啊。」

「啊……！啊啊，我生氣了。我要讓你後悔惹我生氣。」

「才打完一場而已，妳會不會太激動了……？」

我們不時吃著披薩與副餐的薯條，先打個十場再說。

「…………」

咚！

「那個~朝凪同學……說不定會吵到樓下的人，麻煩不要拍桌子。」

我的勝率仍然是百分之百。

朝凪同學應該也很喜歡玩遊戲，但是遊戲技巧似乎不怎麼樣。畢竟她多半不像我整天都在玩遊戲，所以這也是理所當然。

「……別的。」

「咦？」

「玩別的。」

「……遵命。」

看到朝凪同學有點眼眶含淚，我心想下次還是稍微放點水吧。

我與朝凪同學就這樣玩著各種類型的遊戲，度過週末時光。

家裡原有的遊戲我已經玩到一定程度，但是兩個人玩又會有別的樂趣。像是進行一個人沒辦法的合作，又或者是在對戰模式裡一邊教她訣竅一邊玩。

以往也曾覺得無聊的週末時光，一轉眼就過去了。

「——已經是這個時間了，我差不多該回去了。」

「那麼今天就玩到這裡。」

「嗯。」

時鐘的指針早已過了晚上九點。她似乎事先聯絡過父母，但要是拖得太晚，父母應該還是會擔心。

「啊，我也一起收拾。」

「不用了啦。要洗的只有杯子，其他全都是放進垃圾桶就好。」

今天準備的食物由我們兩人全部吃完了。分量雖多，但是玩著玩著便不知不覺沒了。

我固然會吃，但是朝凪同學比我更會吃。

「怎麼啦，前原？一直盯著我的身體，好色。」

「啊，沒有……我只是在想妳還挺會吃的，可是和我不一樣，很瘦。」

「畢竟我有在運動。反而是前原，總覺得你的肚子也太有肉……嘿！」

「啊嗯！」

「咦？」

她突然輕輕捏了我的側腹，讓我不由得發出怪聲。由於平常不會有人碰我的身體，皮膚的感覺很敏感。

「喔……」

朝凪同學似乎想到什麼壞點子，嘴角露出壞心眼的笑容。

「咦，這個……朝凪同學？」

正當我心想不妙之時，為時已晚。

「——喝呀！」

「呀啊……？」

一旦暴露弱點，朝凪同學便抓準機會朝我的側腹搔癢。

「原來如此～前原這裡很怕癢啊～？那這裡呢？」

「嗚、嗚……那附近全部不行……所以，這個，不要再……」

「嗯哼哼～要不要停手呢～今天我被前原痛宰了一頓，累積了很多壓力呢。」

「嗚，妳、妳這個魔鬼……」

我想設法逃開搔癢攻擊，但是使不上力，沒能如我所願。

於是，我就這麼被朝凪同學羞辱了幾分鐘。

「嗚，我發出了像是女孩子的聲音……」

「呵呵，明明是男生，哭喊的聲音意外地挺好聽的。你好可愛喔，前原～？」

「唔……給我記著……」

「啊哈哈，你好好加油吧。」

聽到我放下狠話，朝凪同學笑得眼角含淚。

遊戲明明是我占優勢，卻被這種事弄得形勢逆轉，讓我十分懊惱。

「真是的……這樣妳滿意了吧？趕快回去啦，噓！噓！」

「好好好。啊啊～今天也好開心。雖然我們也才一起玩過兩三次，真沒想到會變得這麼要好～」

「這個嘛……就算興趣再怎麼合，竟然會找我說話，我覺得朝凪同學也挺另類的。」

「哎呀～還比不上一開始就把女生帶到自己家的前原同學啦。」

「有、有什麼辦法。我也只想得到在家玩遊戲。」

一直以來我都沒有放學後和朋友一起玩的經驗，所以選擇自然很受限。

「這樣啊。說得也是。那麼下週就去外面玩。再見啦。」

「嗯——不對，慢著。」

我瞬間就要順勢答應，但是這個地方非吐槽不可。

「怎麼了？該不會下週不方便吧？」

「不是，我一直都很閒，所以沒問題……不是不方便，是下一句。」

「去外面玩？」

「就是這個……妳說的外面，該不會是指要出去吧？」

「那當然。我們得像個高中生，偶爾到街上玩才行。像是去買東西、在外面吃飯、去遊樂場玩。每次都受前原照顧也不好意思，所以我想下次由我來教你怎麼出去玩。」

依照常理推想，偶爾去不一樣的地方玩可以轉換心情。我並不打算否定這點。

「那個，我姑且問問，妳說的當然是兩個人出去玩對吧？」

「那當然。畢竟我和前原是朋友這件事，要對班上同學保密。」

這是我們決定要一起玩時，協議之後決定的事項。

在班上存在感很低的我，和核心人物朝凪同學，哪怕並不屬於男女朋友那樣的關係，但這些都不是其他同學關心的事情。我們的關係想必只會被大家當成上好的話題。

「啊啊，原來如此。所以前原是因為放學後要跟我約會而感到緊張。」

「什麼約會……不，倒也不是這樣。」

「呵呵，不用擔心。就算撞見班上其他人，我也會把事情圓過去。我們還年輕，偶爾也要嘗嘗所謂刺激的滋味嘛？」

「這樣真的好嗎……？」

我的個性就是無論如何都會先考慮到風險……不過憑藉朝凪同學的本事，應該能順利應付過去吧。

「我都說好了，那當然沒問題。不過如果真的拆穿，到時候很乾脆地對外宣布不就好了？異口同聲說一句：『我們在交往！』」

「不，我們又不是在交往。」

「呵呵，開玩笑的。不管怎麼說，下週的行程就是這樣。啊，錢當然是各付各的，所以你放心吧。」

「當然是各付各的，妳在說什麼啊？」

不過為防萬一，或許事先跟媽媽商量能不能增加餐費比較好吧。

……至於我和女生出去玩的這件事，眼前就先採取絕口不提的方針。

說好詳細的行程等待朝凪同學日後聯絡，時間來到休假結束之後。

「真樹，你剛剛說什麼？好奇怪啊，媽媽的耳朵是不是有毛病了……為了以防萬一，你可以再說一次嗎？」

「妳明明聽見了吧？我話先說在前面，那不是幻聽。」

「我知道，我都知道。算媽媽求你，再說一次給媽媽聽。」

「真是的……」

早上我對出門上班前的媽媽說起這個週末的事，結果似乎大出她的意料之外，讓她驚訝得半張著嘴。

「就是說……這個，週末放學後我要和朋友兩個人出去玩……然後我想跟妳商量，希望多給我一點錢。」

依照計畫需要在外面吃飯，考慮到電車錢＋餐費＋娛樂費用，只有二千圓＋口袋裡所剩不多的錢未免不太放心。所以我才會拜託媽媽。

「之前明明沒有半點跡象……該不會其實是被壞人勒索之類的情形吧？」

「才不是。對方是個很正經的人。」

「也不是只存在你想像裡的人物？」

「不是。」

由於事出突然，媽媽會擔心也是理所當然吧。她看起來確實是在為我高興，所以這種反應讓我有些彆扭。

雖然還是祕密，但是如果媽媽知道我的朋友是女生，不知道會有多吃驚。關於這點讓我有點好奇。

「呃，啊，對了，需要錢是吧？當然可以。來，拿去。」

「啥？不不不……不用一萬這麼多啦。只要再有個一兩千就很夠了。」

「是嗎？可是如果還有需要，要跟媽媽說喔。這點小錢不是問題。」

這樣一來，錢的問題就算是解決了。之後只剩等待朝凪同學聯絡。

之後媽媽果然死纏爛打地想問出「朋友」的消息，我好不容易才把她趕去上班，自己也準備上學。

「雖然離上學時間還有點早……不過偶爾這樣也好。」

平常的週一早上只會讓我憂鬱，但是今天我覺得自己的心情輕鬆了些。

……我也真是現實。

緩緩走在人比平常要少的上學路上，為了趕快與朝凪同學聯絡，打開了訊息ＡＰＰ。

我和朝凪同學為了維持祕密的朋友關係，在學校裡基本上不說話，這就是我們唯一的聯絡工具。

『（前原）早啊，朝凪同學，現在方便嗎？』
『（朝凪）嗯，早啊。』
『（朝凪）有要到錢嗎？』
『（前原）嗯。』
『（朝凪）啊，承蒙招待——』
『（前原）不是說各付各的嗎？』
『（朝凪）嘿嘿。總之晚點我再跟你聯絡。』
『（朝凪）那就學校見。』
『（前原）嗯。』

除了週末以外，我們都是像這樣互傳訊息。只是話說回來，我們只在有事要聯絡時才會發訊息，所以倒也不是那麼頻繁……不過對我來說已經可以說是很大的進步了。

「早啊，阿夕。欸，昨天的那個妳看了嗎？」
「早啊新奈仔～看了看了！那個場面主角有夠帥的，女主角也好可愛喔～」

一進教室就看到天海同學的圈子正在開心說笑。

朝凪同學當然也和她們一起。

「嗯？啊——抱歉，我昨天沒能即時收看。」
「這樣啊？以海來說算是挺難得的。」

「我在查些東西，不知不覺時間就過去了。」

「查東西？有什麼作業嗎？」

「不，也沒有什麼作業……不過畢竟我是好學生。」

「哇啊，出現了，朝凪的炫耀。」

「不過是事實啊。」

朝凪同學一邊談笑，一邊朝著我比出小小的勝利手勢。

這個動作做得若無其事，不會被她們圈子的人發現，但是哪怕只是一瞬間，我還是擔心會不會被發現，不由得心跳加速。

「嗯？海，妳剛剛在做什麼？」

「啊——我的腰附近有點癢。不知道是不是被蟲子叮了。」

朝凪同學光明正大地胡扯。

找我說話時也是，拉近距離的方法也好，朝凪同學的膽識真是令我誠心佩服。

接著就在我坐到自己座位的時候收到訊息。

『（朝凪）　看，沒被發現吧？』

『（前原）　不，很驚險了。差點就要發現了吧？』

『（朝凪）　這種事就是要有膽識。那麼這個週末也差不多就這樣。』

『（前原）　真的不要緊嗎……』

老實說，我從現在就開始擔心了。

……雖然我有多擔心，就差不多有多期待。

於是我想著穿幫時的藉口，想了一整個上午，時間來到午休。這是能夠暫時擺脫麻煩的課程，得到些許安寧的時間。

「好了……」

我看準班上同學趕往學生餐廳與販賣部的高峰過去，像是一陣霧一般抹除存在感，就此離開教室。

我拿著早上迅速備妥的便當前往的去處，位於騎自行車上學的學生與開車通勤的老師常用的停車場旁邊，一棟倉庫的後頭。白天這裡幾乎不會有人過來，對我而言宛如綠洲。

「……呼。」

我一邊用吸管喝著從途中的販賣機買來的鋁箔包茶飲，一邊傻傻看著秋季晴空的白雲。

像這樣獨自度過的時間很棒。我和朝凪同學成為朋友吵吵鬧鬧固然很開心，但也因為我是第一次交到朋友，同時也覺得有些累人。

「……我身為朝凪同學的朋友，做得好嗎？」

是不是終究還是累了？我下意識說出這樣的話。

玩遊戲時是否應該再客氣一點？我的話題太少，是否讓朝凪同學一個人講太多話了？

她是我第一個交到的朋友，也是教會我與人往來樂趣所在的恩人。

正因為這樣，為了讓這段關係維持更久，我希望在與她來往時可以做得更好。

「……雖然早了一點，還是回教室吧。」

我把便當裡剩下的飯菜配著茶塞進肚子裡，站起身來。

午休時間還剩三十分鐘以上。換作是平常，我都會獨自在這裡打盹到剛好的時間才走，但是今天莫名沒有這麼做的心情。

我大概是對很多事都想太多，但是交朋友這件事果然很難。

——那麼，學長，請問怎麼了嗎？找我過來這種地方。

——嗯。其實是有幾句話想和妳說。

「……嗯？」

我為了返回教室，正要離開倉庫後面時，耳朵聽見這樣的談話聲。聲音來自很遠的地方所以聽不出是誰，但是應該是一男一女不會錯。

在這種地方有話要說……就連我都能隱約察覺什麼。

我錯過現身的時機，只能再度返回原地。

我只不過是湊巧在場，理應沒有過錯，但是待在這裡就覺得自己好像在偷聽。

「繞點路離開這裡吧……不，那樣就得經過教職員辦公室前面……」

要是被老師發現，問我一個人鬼鬼祟祟在這裡做什麼也很麻煩。況且總不能說是在偷看別人告白。

於是我蹲低身子，一動也不動地壓低聲息。

「——來，這邊這邊。腳步聲太大會被發現的。」

「嗯、嗯。可是這裡很滑……哇呀！」

我聽見有說話聲接近，是從我猶豫不決的路線過來的嗎？

「嗯？咦？該不會是前原同學？」

「唔！天海同學……」

「咦？什麼什麼？阿夕，你認識這個人？」

「咦？新奈仔真是的，說什麼認識不認識，他是同班同學啊。前原真樹同學。」

出現在我面前的是天海同學與新田同學這兩名班上的女生……然而她們為什麼會出現在這個什麼都沒有的地方呢？我離開教室的時候，包括朝凪同學在內，她們三個人應該圍坐在一起吃便當。

「不過無論如何，可以請你讓一讓嗎？你擋在那裡，我們會看不到朝凪的狀況。來，阿夕也過來這邊。」

「啊……對不起喔，前原同學。新奈仔平常都很正常，但是只有在這種時候，該說她會看不清四周嗎——」

「不，這倒是無所謂……」

比起這種事，我有更在意的事。

我從天海同學與新田同學兩人身後伸長脖子，看著正在說話的一男一女。

「朝凪，如果妳願意的話，可以和我交往嗎？」

「…………」

在她們兩人過來的時候，我就有不好的預感。受到告白的女生果然是朝凪同學。

2. 第二剛剛好？

我是第一次遭遇到這樣的情境，但萬萬沒想到當事人會是朝凪同學。

當然了，即使有人向朝凪同學告白也並非是什麼不可思議的事。儘管在班上是天海同學更搶眼，但朝凪同學一樣很可愛。

所以有人想讓朝凪同學變成他的女朋友也不奇怪。

我沒看過這個向她告白的男生。她說是「學長」，所以多半是二年級或三年級吧。個子很高，長相也很清秀，有股陽光的氣息，和我正好相反。

我當然知道偷看不是好事。這對告白的學長以及朝凪同學都很失禮。

然而我說什麼都會在意，沒辦法把目光從他們兩人身上移開。

「對不起。」

朝凪同學如此回答，然後對著學長鞠躬。

一聽到告白就立刻說「對不起」，所以多半打從一開始就打算拒絕了吧。

拒絕得實在太過乾脆，學長也露出苦笑。

「哈哈……該不會是妳已經有交往對象了？」

「啊，不是，我沒有和任何人交往。」

「喜歡的對象呢？」

「不，也沒有……只是，我現在對這種事完全沒有興趣。」

（唉~果然被拒絕了嗎……朝凪也真是遲遲不肯點頭呢。）

（不過……畢竟是那個學長……）

（就算長得再帥，該說實在太沒節操了嗎？感覺他被拒絕也是理所當然。）

很多事情都讓我很好奇究竟是怎麼回事，但我完全是局外人，所以沒辦法細問。

（啊，抱歉喔，前原同學，我們兩個自己聊得很起勁。那個學長之前也對我說過一樣的話喔？）

（啊啊……這樣的確不太好吧。）

我被學長陽光的外表給騙了，看來他是個花心大蘿蔔。這下子被拒絕得這麼乾脆也是沒辦法的事。

（不過海真是厲害，真的好有異性緣。而且每次跟她一起出去玩，被搭訕的都是她。上高中以後，包括這個人在內，已經是第五次被告白了。）

（第五……）

我不由得啞口無言。入學不到半年就有五個人告白，這個速度算是相當快吧。

（話雖如此，阿夕也是再拒絕下一個就五個人了。妳們根本半斤八兩。）

（才沒有呢～只看人數也許是這樣，可是我總覺得我遇到的那幾次，感覺大家都不是真心的。）

（那是因為阿夕太耀眼，大家才會退縮吧？）

（咦～是這樣嗎～？我是覺得海比我漂亮又可愛多了。）

（真的不是這樣啦。妳想想，大家也許是覺得每個人都嚮往的偶像高不可攀，但是偶像身邊的伴舞說不定有機會。去找朝凪的人差不多都是這種感覺吧。）

坦白說，新田同學的比喻讓我覺得不太恰當，但是大概能夠理解她想表達的意思。

比起男生女生都喜歡，總是待在圈子中心的一等星，如果是那種雖然亮度差一截，依然還是很美的二等星，就會有種「搞不好我也有機會……」的錯覺。

（如果我是男生，肯定會選海就是了……欸，前原同學不也這麼覺得嗎？）

（呃，這個嘛……）

由於我知道她在學校以外的地方的模樣，所以我個人認為朝凪同學和天海同學差不多可愛，但是既然要將我們的朋友關係保密，所以不方便發表意見。

（話說回來……）

（什麼事，前原同學？）

（原來天海同學也會這樣……躲起來偷看啊。）

（那當然。因為海是我的好朋友。）

如此回答的天海同學繼續觀望。

「事情就此說完了嗎？那麼我先陪了。」

「啊，等一下……如果妳沒有和別人交往，我們可以先從朋友當起……」

「……這種就更不需要了。」

學長還想再掙扎一下，朝凪同學先是一口回絕，接著轉身消失在校舍裡。

（……喔，看樣子是結束了。那麼我們也趕快回教室吧。）

（啊，新奈仔，要先跟前原同學好好……對不起喔，前原同學，把你牽扯進奇怪的事件裡了。）

（不，別在意。到頭來我也算是同罪。）

只不過即使我和天海同學一起做的事要保密，關於我偷看了剛才那個場面的這件事，可能還是要向朝凪同學好好道歉比較好。

（阿夕，妳在做什麼？趕快走了～）

（對不起，我馬上過去……啊，對了。前原同學，手機可以借我一下嗎？）

（咦？啊，是可以。）

（謝謝你。）

天海同學接下我反射性遞過去的手機，操作了幾下。

「天海同學，妳在做什麼……」

「呃……算是作為親近的表示？大概吧。好了，還給你。」

天海同學邊說邊把手機還我。

螢幕上面顯示著一個不屬於我的電話號碼。

「那是我的號碼。我之後也會登錄前原同學的號碼，記得打給我喔。」

「啊，等等——」

「那麼教室見了……今天的事一定要對海保密喔？」

天海同學不等我的制止，爽快地從我身邊離開了。

於是我再度一個人留在原地。

「這算是所謂的封口費嗎……不管怎麼說，事情變得麻煩了。」

幾乎所有男生都拚命想得到天海同學的聯絡方式……但是對現在的我而言，卻只是個燙手山芋。

放學後，幸好朝凪同學有空，所以我決定針對今天偷聽她被告白這件事道歉。

「啊啊，搞什麼，只是這種事啊？」

原本以為她會露出厭惡的表情，沒想到她似乎不怎麼在意，先是喝光倒進玻璃杯裡的可樂，抓著我事先準備的洋芋片大嚼特嚼。

「妳不生氣嗎？」

「還好啦。而且你又不是跟蹤我，只是湊巧在場吧？既然這樣，反而是我覺得不好意思讓你費心了。」

「既然朝凪同學這麼說，那就沒關係。」

「嗯。我又沒有什麼被別人聽到會很不妙的事。雖然也有考慮到對方，確實是有點偷偷摸摸。畢竟像新奈就最喜歡這種話題了。」

「新奈……是指新田同學嗎？」

「啊，嗯。她的人面很廣，我和夕也受到她不少關照就是了。」

關於我在那裡遇見天海同學與新田同學這件事，就依照約定暫且不提。總之，要怎麼做就由她們自己判斷。

只是朝凪同學這麼敏銳，總覺得她對天海同學與新田同學鬼鬼祟祟的舉止了然於心。

「……我說啊，可以問個問題嗎？」

「嗯？問什麼？」

「朝凪同學，是不是……挺受男生歡迎的？」

「嗯～多多少少吧。沒有夕那麼誇張喔。」

就我的觀感而言，不到半年就有五個人才不是「多多少少」……不過，這並非我該知道的情報，所以就不吐槽了。

「怎麼，前原羨慕嗎？」

「不，完全不會……而且這種事情，我反而嫌麻煩。」

「麻煩啊。為什麼？」

「妳問我為什麼，我也很難回答……就、就是有這種感覺？」

我不知該怎麼回答。

畢竟我可是即使面對同性的同班同學，至今為止都說不出「交個朋友吧」的那種人。這樣的我可以針對戀愛之類的話題大放厥詞嗎？

「這樣不行。來吧，就算想像也好，我想聽前原的說法。」

「唔……」

一旦被朝凪同學這樣追問，我就沒有辦法拒絕。

而且因為天海同學那件事，我也感到有些內疚。

「如果妳不笑我的話。」

「不用擔心啦。快說快說。」

好吧，即使被笑，如果是朝凪同學也沒關係吧。這種事我已經很習慣了。

「呃……雖然這對我來說是個連想像都想像不到的世界……但是受異性歡迎，也就是會被各式各樣的人用那樣的眼光看待吧？像是想跟這個人變得更要好、想跟這個人發展不同於其他人的特殊關係之類的。」

「嗯，你說得對。」

被別人投以好感，就證明自己擁有與眾不同的魅力，所以當然不是壞事。至少要比惡意好多了。

然而就算受到好意對待，對自己而言卻未必是件好事。

今天對朝凪同學告白的男生就是個好例子。

「既然有各式各樣的人，就表示其中也有自己一點興趣也沒有的人，甚至暗自感到討厭的人……面對這種人也得好好應付不可，這種事在我看來果然很麻煩。會覺得明明又不喜歡，為什麼非得弄得這麼累不可。」

就像當時的朝凪同學含糊其詞那樣，我想回應告白也是件很費心的事。想來其中也有人是斬釘截鐵拒絕，因此招來更多怨恨的可能性。

人的喜歡或是討厭的感情非常棘手。

「這樣一想，反而覺得我沒有異性緣也沒什麼不好。孤獨一人雖然挺難受的，但是不必為多餘的事費心。」

「……你這個想法相當寂寞呢。」

「這我知道。也因為這樣，我才會到現在都是這副德性。」

除非努力試著多少改變這種想法，否則應該會一直保持下去吧。

「……說起來差不多就是這樣。」

「原來如此。前原的想法我懂了，不過我覺得這樣未免太過彆扭。」

「唔。」

她指出痛處了。由於完全正確，所以我無從反駁。

「……不過前原的這種地方，我倒是挺喜歡的。啊，當然是作為『朋友』的喜歡喔？你可不要會錯意喔？」

「我知道。我也不討厭朝凪，但終究是作為『朋友』的不討厭。妳才不要會錯意。」

「喔？明明沒有我就會寂寞，說話還這麼囂張。」

「怎麼樣？要開打嗎？話先說在前面，今天可不接受『等一下』。不管要打十場還是一百場，我都會澈底把妳打成蜂窩。」

「正合我意。你才應該被我的神之瞄準嚇得睡覺都發抖。」

「虧妳好意思對教導訣竅的師父這麼說。」

戀愛話題到此結束，我和朝凪同學一如往常面向電視機畫面。

總覺得對於我這個總算開始和別人來往的菜鳥而言，還是這樣比較適合我。

之後沒發生什麼事，我們極為和平地迎接約好的星期五。

按照當初的計畫，原本打算放學之後直接上街，但是考慮到因為制服而穿幫的可能性，於是決定先回家一趟換便服，然後約在站前見面。

由於事先有向媽媽要錢，所以比平常多帶了一些。

『（前原）　那，我先過去了。』

『（朝凪）　嗯。那就車站見。』

我傳完訊息便從朝凪同學身旁走過。

「海，一起回家吧～！」

「哇噗……夕，那是沒關係，但是路上不逗留了。」

「咦～？該不會今天也有事？」

「對。最近家裡比較多事，真是的，光想就討厭。」

「是嗎？可是看妳好像笑咪咪的？」

「咦？啊……不，是妳多心了吧。」

朝凪同學雖然嘴巴這麼說，但是打從白天就不時哼著歌，心情一直很好。她這麼期待和我出去玩嗎？可是那是準備要整我的表情，所以我從現在就開始擔心她有什麼打算。

「不過阿夕說得沒錯，朝凪最近好不合群。雖說是家裡有事，該不會是男朋友吧？」

「咦～怎麼可能～就屬海最沒……呃，不、不會吧？」

「喂，好朋友，不要輕易被敵人的言語迷惑。新奈，晚點給我記住。」

「呃……呀、呀～小海好可怕——」

以慣例的三個人對話為中心，不斷有人聚集過來。

「什麼什麼？就妳們三個人聊得那麼開心。」

「不不不，去你的社團啦。天海同學，妳說是不是？」

只是話說回來，幾乎全都是男生。他們的視線明顯都是看向天海同學，即使從遠處看去也很清楚。

總覺得這種感覺不太舒服。

「知道了。雖然很寂寞，我今天就和新奈仔一起回去。順便問問，今天有什麼事嗎？如果我幫得上忙……」

「是我老哥的事。」

「這樣啊。那就沒辦法了。」

「喂，好歹假裝煩惱一下吧。」

「哎呀～啊哈哈……」

天海同學瞬間便不再堅持。

雖然我是第一次聽說朝凪同學有哥哥，但是能讓即使面對我都能好好溝通的天海同學退縮，真不知道到底是個什麼樣的人。

側目看著她們兩個走出教室之後，我拿出手機傳送訊息給朝凪同學。

『（前原）啊，對了，朝凪同學。』

『（朝凪）什麼事？』

『（前原）今天要請妳手下留情。』

『（朝凪）咦～我該不該答應呢～』

『（前原）拜託。』

『（朝凪）嗯～』

雖然我能做的事很有限，但是如果這樣能讓朝凪同學開心一點、輕鬆一點，那麼這樣就夠了。

我們是朋友，果然還是會想幫上忙。

從學校回家之後，換上鮮少有機會穿的外出服，前往約定地點所在的車站出入口。

「太早來了……」

現在大概比約好的時間早了三十分鐘。雖然來得太早，不過就算待在家裡也是心浮氣躁地靜不下心來，最後還是決定過來這裡等朝凪同學。

因為是週末的傍晚，車站附近擠滿了人。目前看到的大多是年輕人，大家多半都是準備要去哪玩吧，打扮得比較時尚。

「衣服這樣不要緊吧？」

我看著映在車站廣告看板上的自己。黑色運動服，搭配黑色牛仔褲。運動服前後印有類似英文單字的字樣，在我的衣服裡是最新的。話雖如此，也是大約一年前買的。

好像聽見陌生女生嘻笑的聲音，不由得縮起身體。

人潮這麼擁擠，我想應該不是在笑我，然而像這樣獨自一人無助等待，還是會忍不住擔心是不是在笑自己。

應該晚點再過來的。開始等人還不到五分鐘，我就已經後悔了。就在這時——

「——前～原！」

「啊噫……！」

隨著這個耳語，肩膀被人猛力抓住，讓我嚇得整個人幾乎都要跳起來。

還順便發出怪聲。

「真是的，再怎麼說也嚇得太誇張了吧。喲，前原。」

「……喲、喲。」

回頭一看，露出開心笑容的朝凪同學就站在那裡。

服裝是尺寸稍大的連帽外套，底下穿著七分牛仔褲。鞋子是運動品牌的球鞋，頭上戴著帽子。

「嗯？怎麼了？我想好歹穿些不容易洩漏身分的衣服，所以選了比較休閒的款……是不是太土了？」

「不，並不會。」

我反而覺得很時尚。

她的容貌本來就很端整，又有著以女生來說偏高的身高以及苗條的身材。簡直像個穿什麼都好看的模特兒。

「倒是你，雖然事先就有料到，前原也穿得未免太黑了。這樣已經不是陰影，而是黑暗啦。怎麼？其實你希望墮入黑暗？」

「不，那倒是沒有……可是這個上衣與褲子的材質都很好，可以從秋天一直穿到春天，而且又很溫暖。」

「我能明白你的心情……算了，今天也沒辦法，所以這樣就好，可是下次要好好考慮配色，知道嗎？你這樣反而會在不好的方向變得很醒目。」

走出家門時不覺得，但是來到眾人聚集的地方，我這「一身黑」的確顯得突兀。

即使是只有黑色的服裝，如果是由長相或體格好的人來穿就沒問題。然而既然穿在我身上，就會一口氣變成「遺憾」。感覺就算遭到嘲笑也不能抱怨。

「這麼說來，朝凪同學也挺早來的。現在還不到我們約好的時間。」

「這……這個嘛，我是顧慮到你啊。我想到你肯定會很早過來苦等，然後實際過來一看，果然看到你一臉無助。」

「……那真是多謝。」

雖然有點不甘心，但是她說得沒錯。其實我一看到朝凪同學的身影，就有種打從心底鬆一口氣的感覺。

「既然都到了，這就走吧。不加快動作就要丟下你嘍。」

「啊，等等……」

在朝凪同學的引導之下，我跟在她的身後。

「話說今天的計畫大概是什麼？也差不多該告訴我了。」

「嗯？沒什麼計畫啊。就隨便逛逛，肚子餓了就吃飯，然後找個地方玩……差不多就是這樣吧。」

「這樣與其說是『計畫』，更像是『走一步算一步』……」

「哎呀，『一起玩』這個計畫已經達成，所以沒問題。而且我平常和夕出門差不多也是這樣。」

「是這樣嗎……」

如果是我，來到這種地方可能是要買東西或是上才藝班，即使是來玩的，也有著看電影或是去遊樂場的「目的」。漫無目的地在街上閒晃的狀況會讓我心浮氣躁。

「對了，前原偶爾也會過來這裡吧？你都在哪裡出沒？」

「不要把人說得好像是稀有怪物……好吧，我都是在買漫畫或是遊戲的時候會過來這裡，會去事先想好的地方吧。也就是離車站有段距離的動漫店。」

「喔，這間店在哪裡？我想去看看。」

「不，這在教育上不太好……」

「我想去。」

「就說那種地方不適合主動帶女高中生過去……」

「前原。」

「……好。」

無可奈何的我只能心不甘情不願地答應。

這下只能祈禱她不會嚇到了。

每個月光顧一兩次的動漫店，位於與大馬路隔一條街的住商混合大樓二樓。店內面積雖小，品項卻很齊全，還有些這裡才拿得到的限定特典，所以我要買東西都會過來這裡。

「……感覺滿滿都是頭髮五顏六色的可愛女生呢。」

「唔。」

朝凪同學坦率的感想，深深刺中我和周圍的客人。雖然我第一次知道這家店的時候，也多少嚇了一跳。

「啊，我並不是被嚇到，反而覺得很新鮮，原來也有這樣的地方。畢竟和夕她們一起玩時絕對不會來這種地方。」

「嗯，我想也是。」

然而還是會有一定比例的人對於這類興趣抱持偏見或厭惡，所以朝凪同學既然腳跨御宅族與非御宅族兩條船，想來心情應該很複雜。

「啊，對了前原。」

「……什麼事？」

「我們既然是有一定交情的朋友，是否差不多該省略『同學』了？」

「……啊啊，這件事。」

朝凪同學已經直呼我的姓氏，我則是不經意地固定使用一開始的稱呼。明明是對等的關係，一方直呼姓氏，另一方還叫「同學」的確有些突兀。

「那、那麼，朝凪……？」

「…………」

「妳、妳為什麼不說話啊。」

「因為，你都不叫我海。」

她明知我不可能這樣叫，卻說出這種話來。

朝凪同學有時候就會像這樣使壞。

雖然我並不討厭這樣，但是有時確實會感到有點懊惱。

「那麼如果朝凪叫我真樹，我也會叫妳海。」

「不要，我們又沒那麼要好。」

「這句話我原封不動還給妳……笨蛋。」

「喔？你說這種話沒問題嗎？要我跟你一起去那邊寫著『十八禁』的地方也行喔？」

「不行，絕對不行。」

而且不可以去那個地方。那裡可是成年紳士的社交場所（大概）。

「唉呀～一看到那種掛著簾子的地方，就會忍不住想過去一探究竟。」

「妳是大叔嗎？」

「純粹是興趣使然。難道前原沒興趣嗎？」

「那是因為朝……」

「朝什麼？」

不妙，差點就忍不住說溜嘴了。

「……沒、沒事。」

「嗯～？又在逞強。忍耐對身體不好喔？」

「也、也不是沒有……總之，現在不行！」

「噗～沒意思～」

我用力對抗朝凪的抗拒，把她拉到陳列全年齡漫畫的區域。

四周沒有其他人，我們剛才說話的聲音也很小，但我還是先向店員道歉一聲。

朝凪逛得開心自然是再好也不過，但是總覺得我的體力已經消耗了一半左右。

「啊，這個我很愛看。原來今天出新刊啊。」

「《怪人鋸子八號》嗎？這套很受歡迎喔。原來朝凪也喜歡這種啊。」

「嗯，像是劇烈的打鬥，灑滿鮮血的那種描寫我還挺喜歡的。雖然身邊的其他女生都不太懂。前原呢？」

「我也差不多少吧……還有就是，嗯，像是這種的。」

我拿起一部在少年漫畫雜誌連載的愛情喜劇作品。在這個很多作品都會有擦邊球描寫的年代，卻是不開後宮的一對一愛情喜劇，嚴格來說更像是認真描寫戀愛的作品。

「喔？前原也會看這種啊。我還以為你會看更色一點的。」

「那種我有點……不過這套雖然有點小眾，但還算暢銷……而且劇情也很好。」

「欸，拿給我。我想看看。」

「嗯。」

「謝啦。」

我把試閱小冊子拿給她，朝凪便開始翻閱書頁。

「……裡面出現的人都是好人呢。如果是這麼漂亮的美少女，一般都會有更多各式各樣的人靠過去。」

「最近那種讓人有壓力的劇情不受歡迎……不過現實當中的確很難這麼順利。」

「就是說啊。如果現實是像這種大家都很善良的世界，待起來應該很舒服吧。」

或許是因為無論朝凪自己，還是她的好朋友天海同學都被各式各樣的人表白，她說的這句話很有分量。

「不說這個了，原來前原也嚮往和這種可愛女生談戀愛嗎？你果然也是男生～」

「不……創作是創作，現實是現實。我可是分得很清楚。」

如果用現實舉例，這部作品就像描寫一個像天海同學那樣的人，對我抱持好感展開追求，怎麼想都覺得是不可能發生的事。

「喔。那麼今天就當作是這麼回事吧。還好我是聖人，對吧？」

「咦？妳說誰是壞女人？」

「少得寸進尺。」

「……對不起。」

之後我們一邊聊著無關緊要的漫畫話題，一邊離開動漫店。然後為了填飽肚子，前往下一個地方。

朝凪同學表示有想去的店，於是按照她的意思再度回到站前，來到她要去的店。

「……我說，朝凪同學。」

「什麼事，前原同學？」

「我想起還有點事，今天就先失陪──」

「給我慢著。」

雖然我想逃跑，但是就在即將逃離之際，被她一把揪住衣領。她的握力比我想像中還要強，我頓時動彈不得。還有脖子好痛。

「不，這裡不太妙吧。」

「會嗎？可是說來說去還是這裡最便宜，而且也能吃飽。」

我們來到的地方，是在車站出入口旁邊的漢堡店。這裡很便宜，味道也不錯，所以我心血來潮的時候也會過來消費。然而現在這個時段不好。

店內滿是穿著制服的少年少女。當然也能看見三三兩兩穿著我們高中制服的人。

即使尚未看到像是班上同學的面孔，總之是個危險度極高的地方。

「沒差，這麼多人不要緊的。那麼我先去占位子，點餐就交給前原隨便點。」

「朝、朝凪……真是的。」

由於我在剛才那家店裡買了新刊，所以剩下的金額確實讓人有點不安。這是經常缺錢的高中生難受的地方。

我依照朝凪的要求，隨意點些自己覺得不錯的餐點，前往座位區所在的二樓。

大約八成的座位都是學生，聊著學校的話題以及接下來要做什麼，非常吵鬧……不，我是說非常熱鬧。

『（朝凪）　前原，這邊。正中央。』

『（前原）　不用擔心，我知道。』

像這樣從遠處看去，就會發現朝凪即使穿著樸素依然十分醒目。即使平常會被天海同學的存在感蓋過，但是我認為朝凪的外表絕對上得了任何場面。

這麼說會被朝凪捉弄，所以絕對不會對她本人說。

「歡迎回來。你點了什麼？」

「特大號漢堡的L套餐。飲料是可樂，附餐選了薯條和雞塊，妳要哪一種？」

「兩種都要。我們兩個分著吃吧。沾醬呢？」

「黃芥末。」

「好耶。」

「關於這點不用擔心。」

我們就坐之後把薯條和雞塊倒在各自的拖盤上，吃了起來。

平常都是外帶，所以已經好久沒吃到剛炸好的薯條。

「前原，接下來要去哪裡？有想去的地方嗎？」

「沒有。我想回家。」

「不行。你要提一個提議。」

「就算妳這麼說，剛才的動漫店已經清空我的口袋名單……遊、遊樂場之類的？」

「咦～」

朝凪似乎顯得不滿，但是對我來說，遊樂場也是好久沒去的地方。

那個地方總是有種不歡迎單獨客人的感覺，我不是很喜歡。

但是如果問到我是否對裡面的遊戲沒興趣，那又是另一回事。

「好。那麼今天就和我一起擺表情拍大頭貼。」

「不，我才不要。」

「咦～」

「咦什麼啊。」

下一個點已經決定，之後我們便一邊閒聊一邊解決眼前的薯條與雞塊。話說回來，我們聊的都是喜歡的電影、最近看的遊戲直播頻道等等，和平常在家裡聊的內容沒有什麼太大的差別。

「啊，這麼說來最近有推薦的電影嗎？常去的那間店最近沒進什麼新片。」

「那樣的話，雖然只有影音平台看得到，但是《天使鯊》不錯。描述透過基因改造，長出天使翅膀的鯊魚接連攻擊人。長在背鰭位置的天使翅膀這個重點的特效做得很粗糙，演員演技也都很僵硬，很多地方都很誇張，全片九十分鐘我一直笑個不停。」

「這是怎樣，我超想看的。」

「順便說一下，還有續集。已經出到三了。」

「光是這些就夠好笑了。而且有些片就是莫名其妙會出續集。」

起初我會無謂地在意旁人，因而感到畏首畏尾，但是因為朝凪很會聊天，讓我漸漸地不在意了。

雖然也有強硬的一面，但是跟朝凪在一起果然很開心。

「呵呵，下週的計畫早早就確定了。好期待喔。」

「既然朝凪喜歡，我是無所謂……不過像這樣每週都來找我，不要緊嗎？」

「啊啊，你是指夕嗎？沒事的，我有在其他日子補償她，這方面我有好好思考。」

既然朝凪這麼說，我也只能信任她。但是或許我也該注意一下，別讓她開心得沖昏頭，導致搞出什麼紕漏。

因為我很沒存在感所以無所謂，但是朝凪想必不是——

——欸，那個女生是不是就是朝凪？

——啊啊，妳說那個很乾脆地甩掉學長的一年級？

就在這時，幾句讓我擔心的事情眼看就要成為現實的對話傳進耳裡。

說話聲是來自坐在我背後的女生，多半是兩人組。由於嗓音陌生，聽來不像同班同學，但是可以肯定這下不太妙。

『（前原）朝凪。』

『（朝凪）嗯。』

『（朝凪）那些人我也不認識，大概是學姊吧？受不了，我明明不是多有名的人。』

朝凪一邊裝作不在意，一邊慢慢拿起剩下的薯條。

『（朝凪）前原，抱歉。』

『（朝凪）可以請你犧牲一下嗎？』

『（前原）怎麼回事？』

『（朝凪）這麼回事。』

接著她脫掉戴著的帽子，然後便笑咪咪地把手上的薯條拿近我的嘴巴。

「來，達令。啊～」

「唔……！」

事出突然，讓我的腦子一團亂。

這是怎樣？朝凪到底想要我做什麼？

「嗯？真是的，因為是在外面就這麼害羞嗎？我們在家裡不都是這樣餵來餵去嗎？」

「咦？哎、哎呀，也沒有這……噫！」

我的小腿瞬間傳來尖銳的痛楚。朝凪用力踢了我一腳。

「啊，該不會是你想餵我吧？真拿你沒辦法……來，請吧。」

「啊，好的……」

朝凪的腳尖不斷對我的腳脛表示要我配合她，於是我決定先照辦。

「呃……啊～」

「嗯。嘿嘿，果然有人餵就是好吃。」

「是、是啊。那就好……」

我自認照她的要求做了，只是不知道能否順利蒙混過去。

——不，我看是另一個人吧？

——是嗎？可是臉長得挺像的耶？

——可是那樣不會太土了嗎？身邊的男生也給人陰沉的感覺。

——啊啊，說到這個，記得她好像說什麼「不是偶像級的長相我不行」，拒絕了一大堆學長耶？

——對對對。這種外貌協會才不會跟那種噁心的陰沉傢伙互餵薯條啦。

——說得也是。啊，大家都說到店裡了，我們也過去吧。

雖然聽見令人不悅的閒話，但是看樣子暫時脫離危機，讓我鬆了一口氣。

「……誰是外貌協會了，可惡。」

「算、算了，而且也是多虧有這種謠言，我們才能得救。」

「我是沒關係，已經習慣了。可是前原也被說得好難聽……朋友被人說壞話果然還是會生氣。她們明明完全不了解前原。」

朝凪顯得一臉懊惱，用力握緊拳頭。

她明明是個這麼好的人，為什麼她們把她說得這麼難聽呢？散播這些謠言的人，起初應該也是喜歡朝凪才會告白才對。

「不用放在心上。只要朝凪能夠理解，對我來說就已足夠。」

「好吧，既然前原說算了，我就不蓋她布袋了。」

「妳的心情我能體會，但是不管怎麼樣，都不可以蓋人布袋。」

「咦～」

「所以說——」

「……開玩笑的。我知道。」

似乎是在和我聊過之後冷靜下來，朝凪一口氣喝完剩下的可樂，站了起來。

「啊啊～難得吃到一半都還挺開心的……前原，馬上就去遊樂場。今天我要玩到花光錢包裡的錢為止。你當然會奉陪吧？」

「不，老實說我已經想回——」

「你會奉陪吧？」

「……是。」

於是儘管目的變了，我們還是按照原訂計畫前往遊樂場。

……今天回家之後我一定要倒頭就睡。

我們走出店外，一路前往位於車站大樓的遊樂場。因為這間遊樂場占了一整層樓，不只是遊戲區，還有打擊練習場與室內足球場等設施，裡面有許多人，非常熱鬧。閃爍的燈光照亮昏暗的樓層，人們玩遊戲的歡呼聲傳了過來。

「久等了。我換好代幣了。」

「謝啦。」

這裡似乎所有遊戲都是使用事先兌換的代幣，於是我和朝凪都出錢，一起分著用。我們各出了一千圓左右，不知道能不能玩上一個小時。

「那麼首先把這些代幣變多吧。」

「妳突然說出很像小鋼珠店的大叔會講的台詞，要不要緊啊？」

只有我覺得在還沒討論要玩什麼就說出這種話的她，就某個角度來說很有前途嗎？

「別擔心、別擔心，包在我這個代幣遊戲機真愛粉身上準沒錯。」

「妳這旗標插得真乾脆。」

只是話說回來，我也不知道玩法，於是跟在朝凪身後來到一台遊戲機前方。

顯示在液晶螢幕上的……原來是賽馬遊戲嗎？也就是要猜中比賽結果的順序，然後根據賠率增加代幣。

「前原覺得哪一匹馬好？我是覺得以九號為主會比較好啦～」

雖然聽不太懂她在說什麼，但是朝凪已經雀躍地盯著畫面看。

單勝？三連單？ＷＩＤＥ？總之似乎有各式各樣的下注方式。我一邊請朝凪教我，一邊和她各自下注在自己預測會贏的馬身上。

我選擇好懂的單勝。雖然賠率似乎很低，但是如果只是娛樂，這樣已經很夠了。至於朝凪……看她下注了不少，不知道要不要緊。

『賽馬一起開跑了。首先領跑的是八號的愛慕琳達。接著是三號——』

「好～很好，這個位子很好……」

朝凪看著機台顯示的畫面，低聲喃喃自語。

雖然看的只是ＣＧ遊戲畫面，但由於賭了代幣，所以儘管不像朝凪那麼誇張，我也不由得有些心浮氣躁。

『啊，這個時候從最外側衝出了九號黑影。差距愈來愈小。離領頭馬只剩五馬身、四馬身，不斷拉近差距！』

「咦？前原，這應該有機會吧？應該超得過去。」

「啊，真的。」

朝凪與我預測的第一名是同一匹馬，照這樣的發展應該可以中大獎。

我們賭的馬繞過最終彎道，從最外側迅速拋下後續的集團，和領頭馬並排，接著——

「喔。」

「來啦～！」

我預測的馬是第一名，朝凪也以第一名為主下了好幾注，這次中獎讓我們大賺一筆。

把兩人贏的份加起來，差不多是原本的三倍再多一點。

「起初我還覺得難說，還好多虧前原的初學者幸運。謝啦，前原！」

「不客氣。」

想到輸掉的情形就讓我有些緊張，還好結果贏了。有這麼多代幣，應該夠我們玩到非走不可的時間了。

「那麼代幣也增加了，之後就慢慢──等等。」

拿著堆滿代幣的杯子，正要前往下一個地方時，剛才還待在身旁的朝凪不知何時回到先前的液晶畫面前方。

「……朝凪，妳在做什麼？」

「啥？不不不，我才要說你說這是什麼話。接下來才是重頭戲吧。」

我感覺到不祥的預感，果然沒錯。

朝凪那傢伙，明明已經夠用了，卻理所當然地準備下注下一場比賽。

而且還把剛才贏來的代幣幾乎都賭上了。

「呵，只要贏了這一場，好一陣子都可以大玩特玩……這是把之前輸的份一筆勾銷的絕佳機會……」

「朝凪同學，我說啊……」

「好啊，上啊～！」

「沒救了這個人不聽人說話。」

至於她不聽我的制止，大肆下注的結果。

「……那個，前原同學。」

「什麼事？」

「……對不起。」

就是輸得一塌糊塗，導致手上的代幣大幅減少。

今後和朝凪一起玩的時候，得留意別讓這種事情再發生。

朝凪似乎也有好好反省，接下來就來思考剩下多少代幣，玩些賭博以外的遊戲。

「朝凪，那邊交給妳。」

「啥！不對，你突然這麼說我也……啊，區區殭屍小兵還這麼囂張，我真的要宰了這些傢伙。」

考慮到必須是我也能好上手的遊戲，現在我正在和朝凪一起玩光線槍射擊遊戲。

儘管與平常使用的控制器不同有些不知所措，但是習慣以後就不再扣血，還能確實地一一消滅敵人。

「嗯～就差那麼一點，只有第二名啊……果然是受到一開始的失誤影響嗎？」

「不不不，第一次玩就上排行榜已經很誇張了……我偶爾會和班上的大家一起玩，可是差不多都在過關之前就被幹掉了。」

「……朝凪，再來一場吧。」

「呵呵，好啊。」

本來打算只玩一場，但是總覺得這才暖身完畢，所以決定再打一場。

遊戲終究只是娛樂，但是既然要玩，我就想要認真以對。

「欸，前原。」

「什麼事？」

「開心嗎？」

這才發現露出笑容的朝凪湊過來看著我的臉。

我覺得自己無意間放鬆的模樣被她看到，有點難為情。

「……嗯，還算開心。朝凪呢？」

「嗯，還算開心。」

朝凪模仿我的語氣說話。

「不要學我啦。」

「才不是學你，這是我的真心話。你看，敵人來了。」

如此說道的朝凪重新將槍型控制器轉回去朝向畫面。

「唔……」

起初我只是隨意陪朝凪來玩，但是現在彷彿是我牽著朝凪走。

會讓我有這種感覺，多半是——

「唔喔喔啦！」

——鏗！

玩過射擊遊戲之後，我們前往一樣使用代幣遊玩的打擊練習場。

朝凪說要先示範給我看，於是走向時速一二〇公里的打擊區。一二〇公里對女生來說應該相當困難，但是朝凪接連揮出強勁的擊球。

「畢竟從小就陪著活力充沛的好朋友一起玩，自然就會打了。而且偶爾也得像這樣運動身體流流汗才行。」

額頭冒汗的朝凪一臉心滿意足的表情走出來。

即使隔著尺寸偏大的衣服，仍然看得出朝凪的好身材。

雖然我們在一起時十分懶散，不過其他場合都很振作。

正因為如此，她才能和天海同學一起肩負班上核心人物的重責大任。

「我打出一發全壘打，所以可以免費再打一場。那麼來吧，交給前原。」

「咦？我也要？」

「那還用說，前原偶爾也要運動！」

話說回來，我可是連很輕的玩具球棒都沒揮過。

對於運動也不是那麼拿手，還是第一次打棒球，搞不好連一球都揮不到。

「不用擔心啦。就算打不到也只有我看到。」

「就是因為朝凪在看，我才更不好意思……」

雖然我信任朝凪，還是想極力避免被她看到自己很遜的模樣。

「來，加油。只要能把一球往前打出去，就請你喝飲料……啊，觸擊可不算喔。」

「……真拿妳沒辦法啊。」

既然目的只是活動身體，而且現在四下也沒有別人，趕快打一打吧。

我從朝凪手上接過球棒與頭盔，走上打擊區。

球速和朝凪一樣是一二〇公里。

朝凪表示可以選慢一點的球速，但是既然朝凪辦得到，我至少也要打到一球——

第一球。

——咻！

「喔……！」

在外面看沒什麼感覺，但是實際站上打擊區之後，被球速之快嚇了一跳。

「嘿——嘿——前原害怕了～」

「我、我才不害怕。」

打起精神準備面對第二球……這次揮棒落空。

「嗖！」球棒空虛地劃過空氣。

「前原，你要先看清楚球，然後再用球棒去碰球的感覺揮擊。現在先不要想著要把球打得遠。」

「……嗯。」

第三球、第四球。我聽從朝凪的建議揮棒，但是都揮棒落空。

四周不斷傳來出清脆的打擊聲，只有我一個人不斷揮棒落空。

「不用擔心，感覺很不錯。球和球棒愈來愈近了。」

「我是很感謝妳給建議，不過妳這樣資敵沒有關係嗎？」

「話是這麼說沒錯。可是前原揮棒落空的背影好悽慘，讓我忍不住想要幫你。」

「這傢伙。」

「好了，加油。再三球就結束了。」

我在朝凪的支持下，腦中想著要好好打中球。

都被說成這樣了，至少要打到一球。

「仔細看球……然後把球棒……」

——叩。

「啊，打到了。」

「喔喔。雖然沒往前飛，但是很不錯。」

劃過球棒上方的擦棒球往後飛。

好，下次一定要打到。

——喀！

「啊～真可惜。」

這次是下面。球一樣飛到後方，但是手感比剛才紮實。

接下來把球棒壓低一點。

「還剩一球。加油啊，前原。」

最後一球。軌跡和先前一樣。

「好好看球……揮棒！」

我背負著朝凪的建議與支持，用力揮出球棒——

「來，辛苦了——」

「……謝了。」

把代幣全部用完後，我和朝凪坐在休息區的沙發上，喝著朝凪請的飲料。

打擊練習的結果，球固然往前進了，卻是軟綿綿的滾地球，甚至滾不到發球機。雖然打到了，但是感覺不夠爽快。

「……朝凪。」

「嗯？」

「下次我會好好打中。」

「喔？挺有幹勁的嘛。那麼改天還要再來。」

「嗯。」

做不習慣的事讓我格外疲憊，但是結束之後感覺挺開心的。

我不知道這種開心是來自玩遊戲，還是單純和朝凪這個朋友相處而開心。

可是，即使如此，我想這仍是一次很好的經驗，讓我覺得還想再來。

「時間也差不多了，我們回家吧。」

「是啊……啊，在這之前我去一下洗手間，你等我。」

朝凪如此說完便把包包交給我，走向店裡。包包裡可是有貴重物品，哪怕只是暫時，全部交給我保管真的好嗎？

雖然朝凪這麼信賴我確實讓我很開心。

「真沒想到竟然會和朝凪一起來玩，這個世上真的有這麼不可思議的事……」

不知道是不是情侶，有一對男女玩遊戲玩得很起勁。我茫然望著他們喃喃自語。

我在認識朝凪之前朋友數一直是零，至於朝凪則是全班的核心人物，朋友很多。

如果過著普通的校園生活，絕對不會有交集的點和點——現在不知出於什麼原因，有一條線牢牢地連在一起。

從我自認為嚴重失敗的入學典禮自我介紹以來，已經過了好幾個月。

我早已有所覺悟，這三年都要過著獨自一人的高中生活。

然而出乎意料之外，如今我的身邊有「班上第二可愛的女生」。

「……這是否表示人要拿出勇氣試著出醜呢？」

基本上，像我這樣的人極端在乎別人的目光。不想被嘲笑、不想出醜、不想失敗——因為滿腦子都是這種念頭，關鍵時刻就會遲疑而無法行動。

即使有想要變熟的對象，有喜歡的對象，失敗的風險就是會妨礙行動。

所以我才會一直一個人。

然而多虧了失敗，我才得以和朝凪當「朋友」。

並非失敗就會封死這條路，而是又會有新的道路延伸出去。

也許是朝凪教導了我這件事。

「……好了，朝凪也差不多要回來了，先收拾——」

我背起朝凪的包包，從沙發起身的瞬間。

「咦？該不會是前原同學吧？」

「……咦？」

背後有人出聲叫我。

「啊，果然是前原同學。喂～前原同學～！」

正巧離開夾娃娃機那裡的人群裡，有個人一邊用力揮手，一邊很有活力地朝我跑來。

她穿著我們高中的制服，有著即使在這麼昏暗的燈光下，也能讓人一眼認出來的容貌，然而也是此時此地我最不想遇到的人。

「……天海同學。」

「嗯。是你的同班同學天海同學喔～」

「全班第一美少女」露出有如天使的笑容，站在我的面前。

所幸是在朝凪不在場的時機出現，但是真沒想到我會被天海同學叫住。

原本以為如果只有我一個人，絕對不會被朝凪以外的同班同學發現，但是我忘了還有這個人。

「咦？阿夕，妳認識他嗎？」

「新奈仔，不是之前才見過嗎？而且他是班上同學。」

「抱、抱歉抱歉。可是妳看，他穿著便服嘛。」

身旁還有新田同學，以及其他幾位班上同學。除了天海同學以外，個個都露出彷彿認識我，又好像不認識我的表情模糊帶過。

算了，他們一點也不重要。如今我該思考怎麼應付眼前這個人。

現在可不能讓朝凪和天海同學撞個正著。

「原來前原同學也會來這裡啊。我們還是第一次在這裡遇到吧。」

「啊啊，嗯，是吧。」

我若無其事拿起手機，偷偷打電話給朝凪，並且啟動擴音模式。

由於我沒空打字，希望這樣能讓她察覺事態不對勁。

「啊，你該不會是跟別人一起來玩吧？這麼說也是，這種地方一個人玩有點無聊。」

「不，我是一個人……現在算是在休息吧。」

「是嗎？看你剛剛都還拿著兩人份的飲料，我還以為是和朋友一起呢。」

被看到了嗎？天海同學即使面對我這種人依然用心觀察，的確很了不起，不過只有這個時候顯得很棘手。

只是雖說我們在偷窺告白現場見過面，讓她留下了印象，但是在這麼昏暗的店內加上我穿得一身黑，真虧她能發現我。

「可是，太好了。原來前原同學也有這樣的朋友。看你在班上幾乎都是一個人，其實我有點擔心。」

「那真是多謝……可是真要說來，我比較喜歡一個人。」

「是嗎？可是如果覺得寂寞，隨時可以跟我說喔。像是中午之類的，只要你願意找我，我們可以一起吃飯。」

「這也未免……」

天海同學的發言想必完全出於善意吧，但是我也不可能因此真的邀她。

你這個沒朋友的傢伙，不要得寸進尺——天海同學的跟班（主要是那群男生）在在傳達這樣的訊息。

「總之妳的好意我心領了。那麼我先——」

「啊，等一下。」

正當我準備趕緊逃離現場，從天海同學身旁走過時，被她從背後一把抓住肩膀。

……我有不好的預感。

「……什、什麼事？」

「欸，如果你願意的話……要不要現在就和我們一起出去玩？前原同學的朋友當然也一起來。」

「呼嘿？」

我不由得發出怪聲。

「等等……阿夕，這樣前原同學？也會感到困擾吧？他也有自己的狀況吧？」

「不行嗎？我是覺得既然要一起玩，人多一點會比較開心。」

「嗯，也不能這樣一概而論……」

用與生俱來的開朗把人拉進自己的圈子裡，確實是很有天海同學的作風，但是總覺得現在的她有點失控。

如果朝凪待在天海同學身邊，也許就能以好朋友的立場叮嚀她，然而現在朝凪不在。

「是啊，絕對會比較開心。還是說新奈仔討厭前原同學？」

「咦！啊，不，沒、沒這回事，我想應該沒有……對吧？」

這些人當中和天海同學最要好的，多半是新田同學，但是因為交情尚淺，沒辦法像朝凪那樣堅定地說服天海同學。

要巧妙壓抑自由奔放的天海同學，還要對包括新田同學在內的其他人察言觀色，引導他們——聽她的轉述只能模糊地想像，但是實際遇到這樣的場面，就很能切身體會。

如果朝凪是厭煩這樣的相處，來找我尋求能夠逃避的去處。

「……這樣當然會累吧。」

「咦？前原同學，你說什麼？」

「啊，沒有，我在自言自語……倒是妳剛才說的那件事。」

「嗯。怎麼樣？」

「……雖然很過意不去，不過我大概絕對不要吧。」

「咦？」

聽到我這麼說，天海同學直到剛才都很開朗的表情蒙上陰影。

我用了「絕對不要」這種不好聽的說法，那是因為現在的我莫名有點煩躁。

「前原同學……？」

「啊……我、我不是否定天海同學的想法。這個，因為大家一起有說有笑地玩鬧，我想一定也很開心，而且我覺得這樣比較正常。」

我也曾經想要擠進這樣的圈子裡，即使是現在偶爾還是會覺得羨慕。

「……可是，這個，我想還是有些人不習慣，或者說不擅長應付這樣的情形。像是周遭人們的臉色，還有氣氛之類的……要勉強自己顧慮這些，不讓氣氛冷掉……就會覺得搞得自己很累。例如像我就是。」

必須重視集團的和氣，這點我懂。我明白為此多少必須忍耐，畢竟要是不這麼做，社會就無法運作下去。

然而隨時都要這樣才行嗎？偶爾做點自己喜歡的事，把別人牽著走難道不可以嗎？

就像今天的朝凪那樣。

「雖然說了很多，總之今天我和『朋友』約好兩個人一起玩，然後我和『朋友』也都不太喜歡太多人，所以……這個，不好意思。」

「啊，等等，前原同學——」

「那麼，天海同學，就是這麼回事……抱歉。」

我輕輕揮開天海同學的手，離開現場。臨走之際似乎聽到有人對我說了什麼，但是多虧室內很吵，沒有傳進我的耳裡。

事到如今，我才不管別人怎麼看我。我不懂察言觀色也不是一天兩天的事。

確定身後沒有任何人追來，這才把和朝凪維持通話的手機調回正常模式，拿到耳邊。

『……謝啦，前原。你幫了我大忙。』

「不客氣……時間也差不多了，回家吧。」

『嗯……』

我和朝凪約好在車站出入口會合，分頭離開了遊樂場。

時間已經快到晚上十點。站前還有很多人，不過幾乎都是成年人。這是高中生非得回家不可的時段。

我買了車票走過出入口，發現我的身影的朝凪從柱子後面探頭出來。

「……喲。」

「喲。」

彼此微微舉手示意之後，我和朝凪一起走向車站月台。

「我姑且問一下，妳有遇見天海同學——」

「有的話就不在這裡了。」

「說得也是。」

「真是的。」

既然這樣，搭同一班電車回去多半也沒有問題。

我們走到月台最前面，等待下一班電車。

「「……」」

車站的廣播迴盪在站內，我與朝凪之間陷入沉默。

我看了朝凪的側臉一眼，朝凪似乎也正好在看我，於是我們一言不發地四目相對。

「……前原，什麼事？」

「沒、沒有，沒什麼事……妳呢？」

「我也沒有……」

這個時候該說什麼才好呢？我有點煩惱。

先是去動漫店，最後在打擊練習場活動身體……直到途中都開心得甚至忘記時間，不過或許是因為最後遇到天海同學他們，讓我隱約覺得不方便說出口。

「……會變成這樣，大概是從一年前開始。」

「咦？」

「我是說開始認真投入現在這個興趣的情形。我想最好還是先跟你說清楚……可以耽誤你一點時間嗎？」

「……沒關係。」

「謝啦。」

朝凪忽然露出無力的笑容，開始說起自己的過去。

「這……大概會變成炫耀吧。我從以前就常常擔任領袖，或者說是領導大家的角色。畢竟我的腦筋好，而且也還挺可愛的，挺吸引人注意？」

「真的是自賣自誇。」

「嘿嘿……不過現在先不說這個。總之，像是班長、學校活動的執行委員等等，什麼事都率先去做。畢竟我也喜歡被大家依賴。當然，現在也一樣……我不是討厭集團活動。」

一肩扛起眾人期待的模範生……這多半就是班上同學對「朝凪海」的印象吧。實際上，我在和朝凪成為朋友之前，也有這樣的印象。

「可是啊，這種事做久了，就會去想『我到底在做什麼』。起初感謝我的那些人，也漸漸有種『妳當然會做吧？』的感覺。不管是在學校，還是出去玩。」

「有種不想做的事都塞給妳的感覺？」

「嗯。雖然我不想做卻忍著不說，這樣也有不對啦。」

這樣一來，惡性循環便停不下來吧。起初明明是因為喜歡才做的，但是當角色逐漸定型，變成強制的行為之後，就會不知不覺變得排斥。

「因為這樣的情形發生了很多次，在我精神方面有點不妙時，我遇到了……」

「現在的興趣吧？」

「嗯。老哥的房間裡原本就有一大堆這種東西。以前的我就算玩遊戲，也只玩玩手機上的益智遊戲，起初並沒有什麼興趣……」

迷上一樣事物時，我想差不多都是這樣。在精神壓力很大的時候，遇到像是有魅力的劇本、角色或是對胃口的音樂，就會一口氣深陷其中。我是在說自己的狀況。

「然後我便瞞著大家，一個人玩了各式各樣的東西……可是我本來就喜歡與人接觸，所以關於這個興趣也想要有朋友。不是透過社群網站，而是想要能夠實際面對面聊天，分享心情的朋友。」

於是就在離開女校，環境發生變化之時，聽到了我的自我介紹。

「原來是這樣啊……既然這樣早點找我就好了。」

「話是這樣說沒錯……可是當時的前原也許會成為我第一個男性朋友。我不想搞砸，所以難免多少慎重一點。而且又遲遲沒有機會找你說話……也會覺得難為情。」

這麼說來，朝凪是從四月以來就一直看著我。像是特地為了給我看而寫了自我介紹卡，或是觀察我的模樣，這是多麼有心——

想到這裡的瞬間，就覺得心臟忽然心跳加速。

這種心情是怎麼回事？雖然有點心癢難耐，但又不會覺得不舒服。

「前原，你怎麼了？身體不舒服？」

「沒有，我沒事。正好電車也來了，我們上車吧。」

我隨口應付一臉擔心湊過來看我的朝凪，走向開往我家所在車站的電車。

因為是週末夜的這個時段，車上有剛下班或是喝酒聚餐結束的上班族，以及大學生等各種族群，所以電車裡有點擠。

「……喲喲。」

上車之後喘口氣的瞬間，腳下有些踉蹌。

姑且不論買東西和玩代幣遊戲，第一次打棒球，而且還遇到天海同學，看樣子我無論是在身體還是精神方面都很疲勞吧。

「前原，要不要緊？那邊座位空著，你去坐吧。」

「不了，我只是腳步有點不穩。朝凪才……」

「我跟你不一樣，有在鍛練……別顧慮那麼多，去吧。」

「那就恭敬不如從命。」

我走到唯一空著的正中央座位坐下，朝凪則是站在前面。

「……對不起喔，前原。今天因為我的關係，害得你這麼辛苦。」

電車開動之後，在規律的喀噹聲響與震動圍繞下，雙手抓著吊環的朝凪這麼說道。

「妳是指天海同學的事？」

「嗯……你們說的話，我都聽見了。」

「那是，這個。」

既然達成告知天海同學在場的目的，的確是再好也不過，但是現在回想起來，我似乎忍不住說了挺丟臉的話。

應該也讓天海同學覺得不太舒服了。

「朝凪不用在意，畢竟那是我自作自受。」

「可是你說了那種話，說不定會比現在更被大家迴避。」

「……話是這麼說沒錯。」

我當然非常清楚天海同學沒有惡意。天海同學之所以邀請我，也是因為看到我在學校裡獨來獨往，所以感到擔心我，認為我再這樣孤立下去會很不妙。

然而我卻拒絕了天海同學提出的提議。

能夠和朝凪——和自在相處的第一個「朋友」兩個人一起玩，對我來說就已經開心過頭了，這個提議讓我覺得自己的心情被人潑了冷水。

所以我忍不住發脾氣，搞僵現場氣氛之後還逃走……現在後悔已經太遲，但是我確實做出這種不像是自己會做的事。

「好吧，夕那邊我會去打圓場。別看她那樣，她其實挺在意這些事的，所以晚點絕對會打給我——等等，已經發訊息過來了。」

「好快……順便問一下，天海同學說了什麼？」

「要看嗎？」

『（天海）　海，怎麼辦？我剛才見到前原同學，可是惹他生氣了。』

除了這一則之外，朝凪的手機上還收到很多天海同學發來的訊息和來電紀錄。

果然讓她心裡過意不去了嗎？

明明可以把話說得圓融一點，但是當時的我太想保護朝凪，顧慮不了其他事。

「抱歉。我給妳添麻煩了。」

「就說沒關係了。遇到困難時互相幫忙，這樣才是『朋友』吧？」

「……朋友，是嗎？」

「嗯。沒錯。」

如此說道的朝凪把手伸到我的頭上，輕輕撫摸我的頭。

「……這是在做什麼？」

「嗯？沒什麼。只是因為你的頭位置很剛好。」

「這樣啊。」

「嗯。」

雖然感覺像是被當成小孩子，但是我的確也玩累了，而且不排斥朝凪的撫摸，於是便放著不管。

列車的晃動，車廂裡溫度適中的暖氣，再加上朝凪細緻又溫暖的手掌。

我的眼瞼逐漸變得沉重。

「——想睡就睡吧。快到站的時候我會叫你。」

「……嗯，謝謝。」

我抗拒不了舒適的睡意，於是接受朝凪的好意，慢慢閉上眼睛。

——謝謝你，真樹。

就在意識漸漸遠去時，感覺耳邊傳來這樣的一句耳語。

3. 朝凪海與天海夕

隔週的週一，對學生與上班族等大多數人而言，是憂鬱的一週之始。當然對我來說也不例外，不過單就今天來說，我的心情比其他人更憂鬱。

「……要不要緊啊。」

上學途中的我看著在略高的山上整地興建的學校輪廓，獨自嘆氣。

原因當然是上週末發生的事。

我對天海同學與她的朋友們說了不該說的話，時間過去愈久，我愈是一想起當時的光景就感到難為情。

『……雖然很過意不去，不過我大概絕對不要吧。』

「唔……」

我知道這是自作自受。

事到如今後悔也來不及了，但是我只是個沒朋友的傢伙，為什麼會用那麼自以為是的口氣說話呢？

「我不敢進教室了……氣氛絕對會在瞬間變差。」

天海同學那邊應該有朝凪幫忙打圓場，不過她身邊的同班同學沒辦法就此帶過。

我開始想像。先前圍成一圈，談笑得和樂融融的一群人，一看到我進教室就會用像是在看垃圾的視線敵視我。

從一個在或不在都沒有影響的班上「空氣」，變成明確的「異物」。

雖然也許只是我想太多，雖然可能只是杞人憂天。

但是這種時候如果有人可以商量，心情上肯定會輕鬆一點。

「可以商量的對象……」

是可以找朝凪沒錯。我還有一個除了父母以及自己以外，唯一登錄在手機電話簿裡的像樣朋友。

如果是朝凪，相信只要我開口，她一定會願意聽我說吧。雖然也許會被她取笑，但是她的個性一板一眼又很正經，關於這點我非常信賴。

然而我還是覺得不該輕易就找朝凪哭訴。

在學校裡的朝凪確實很受眾人仰仗。包括天海同學、同班同學、級任導師都是如此。她的成績優秀，品行端正，是班上的模範生。

然而我知道。知道朝凪偶爾也會想擺脫這樣的角色，自由自在地過活。

我想起朝凪上週告訴我的事。

她發現碰巧有著同樣興趣的夥伴，於是鼓起勇氣找我，和我成為朋友。明明這才好不容易有了逃避的地方，這樣的我不能因此倚靠朝凪。一旦做出這種事，朝凪就會無處可逃。

不過這終究只是藉口，到頭來我只是沒有勇氣拿這種沒營養的煩惱聯絡朝凪。

「──喔，早安！」

「早安……」

我小聲向站在校門前對學生道早安的體育老師回禮，前往教室。現在是朝會即將開始的時段。扣除部分參加社團晨練的學生，幾乎所有學生都已經待在教室裡。

我盡可能把自己的存在感化為「無」，若無其事走向自己的座位。

目前並未演變成我所想像的那種事態。

「前原同學，你今天有點晚呢。」

「早安……我有點睡過頭。」

和大山同學的簡短對話也一如往常，沒有聽到有人在背地裡說壞話。

如果一整天可以就這麼平安結束就好了。

就在我想到這裡的時候。

「……那個，前原同學，現在方便說幾句話嗎？」

當我坐到座位上，把教科書收進桌子裡時，一頭飄柔金髮的天海同學便走了過來。

原本還很熱鬧的班級瞬間鴉雀無聲。

「咦，我、我嗎……？」

雖然只有叫到我的名字，但我還是忍不住反問。

全班的好奇視線都投向我的身上。

全班——不，綜觀全學年都肯定是最漂亮的美少女，竟然找全班最沒朋友的人說話——在場所有人的心情大概就是這樣吧。

看在當事人眼裡只希望她別這樣，但是對於局外人而言，只會充滿興趣。

「抱歉突然找你說話。關於上週五的事，希望能和你說一下……不行嗎？」

「不會，沒什麼不行的，可是……」

——咦，怎麼了？怎麼回事？

——不，我也不知道。

班上同學都在與朋友竊竊私語，我瞬間看了朝凪一眼。

雖然不知道朝凪假日時跟天海同學說了什麼，但是至少應該有給她建議，勸她最好儘快道歉吧。

朝凪一臉苦澀的表情，朝我做出合掌道歉的姿勢——這表示天海同學的這個行動，就連朝凪也沒有料到。

「當時惹得你不高興，真的很對不起。我對前原同學明明一點也不了解，卻擅自以為你跟大家一起玩會比較開心，說出那種沒神經的話。」

「不、不會……該道歉的人是我。我明知天海同學沒有惡意，卻只能用那種語氣說話。

所以妳不用特地道歉。」

天海同學多半非常在乎當時的事吧，她露出一目瞭然的沮喪表情。

我希望她能夠不要放在心上，更希望她放著這件事別再管了，但是相信她應該不容許自己這麼做吧。

她絕對不是壞人，而且這多半是天海同學的優點，但是不顧朝凪的制止，引來無謂的臆測，這點就讓人不敢領教。

「那麼你願意原諒我嗎？已經不生氣了？」

「嗯、嗯。我已經不生氣了，而且我也在反省當時可能說得太過火了。應該說反倒是我才要道歉吧。」

「不會，哪裡，我才要說對不起。」

我和天海同學同時鞠躬，班導正好在宣告時間到的鈴聲當中走進教室。

再這樣下去，多半會變成「是我不好」、「不對，是我不好」的道歉大戰，所以鐘聲在正好的時機響起，確實幫了我大忙。

「好了，大家坐好……怎麼感覺好安靜，有什麼事嗎？」

老師露出疑惑的表情，但是相信班上大多數同學的心情也是一樣。

剛才發生的事就是如此驚人。

當然了，身為當事人之一的我同樣吃驚。

「總而言之，我沒有放在心上。所以這件事就到此結束。」

「嗯，謝謝你，前原同學！啊，可是我可能還想跟你多說幾句話，所以……你今天有時間嗎？」

「咦？那倒是不要緊……」

姑且不論週末，今天沒有任何行程。而且以後多半也沒有吧。

「那就這麼說定了！確切時間我再聯絡……呃，用上次給我的電話號碼可以吧？」

「咦？」

「呼咦？」

天海同學說溜嘴的瞬間，額外追加的炸彈已經落在班上。

——咦，真的假的？你有聽見嗎？

——他該不會有天海同學的聯絡方式吧？

——今天竟然不是第一次講話喔。

——喂喂，也太讓人羨慕了……

完全沒有遮掩的竊竊私語也傳到我的耳中。她多半是鬆懈下來才會忍不住說出來，但是實在有點多餘。

「咦？咦？我是不是說了什麼不該說的話？」

「天海同學，那件事要保密……」

「啊……」

天海同學似乎想起來了，我和天海同學第一次說話不是在星期五的遊樂場，而是更早之前的倉庫後方。

關於躲起來觀察那件事，我已經對朝凪道歉，取得她的原諒。但是當時我和天海同學一起偷看這件事也是祕密，而且朝凪也不知道我們交換過聯絡方式。

也就是說，我害怕的不是班上那些傢伙。

「啊哈哈……總之晚點再說。」

「嗯、嗯。」

天海同學踩著可愛的腳步返回自己座位後，口袋裡的手機立刻發出震動。

想也知道是誰傳來的聯絡。至於發訊息的當事人已經拿出教科書，眼睛看著黑板。

『（朝凪）　好啊。』

一看到朝凪的訊息，我嚇得不由得發出「噫！」的一聲。

晚點得誠心誠意道歉這點已經確定……不知道下跪磕頭能不能得到朝凪的原諒呢？

關於早上那件事，轉眼間就成了當天班上的熱門話題。

班會結束，午休時間過去，現在終於迎來放學，投向我的好奇視線、竊竊私語與壞話都停不下來……反而隨著時間經過愈演愈烈。

實際上我和天海同學的交集，也只有在朝凪被人告白時，碰巧遇見而已。雖然有交換聯絡方式，但是在這之前不曾談過別的話題。

——欸欸，天海同學跟那個人到底是什麼關係？

——超意外的，搞不好其實在交往？

——不不不，怎麼可能有這種事。

——那麼他們說的上週又是怎麼回事？

——誰知道？情侶吵架？不對，再怎麼說都太離譜了。

然而周遭完全不在乎事實，自顧自地妄想我與天海同學的關係，一整天都在延續這個話題。這些人也太閒了。

「久等了，前原同學！那就走吧！」

「啊，嗯、嗯……」

天海同學應該也聽見了這些話，但是她彷彿完全不把這些雜音放在心上，用一如往常的燦爛笑容接近我。

……至於天海同學的身邊，理所當然有朝凪的存在。

「……抱歉。兩個人獨處不太好，所以雖然過意不去，但是我可以陪夕一起嗎？」

「……嗯，我無所謂。」

應該說要是朝凪不在場，我就傷腦筋了。

我和成為朋友的朝凪雖然無話不說，但那是因為對象是朝凪，換作是我和天海同學當然不是那樣。

「對不起喔，前原同學。我和男生獨處就會緊張……啊，海的口風很緊，你放心。」

「這樣啊。」

關於這點，我理所當然地十分信賴。

畢竟她即使面對這名好朋友，依然隱瞞了與我的祕密交友關係。

「就是這麼回事，請多指教了。前原『同學』？」

「請、請多指教，朝凪……同學。」

我們一邊營造彼此都是第一次說話的氣氛，一邊握手。

……總覺得她的握力有點強，不對，是很痛。真的很痛，希望她差不多該放手了。

雖然我的手受到嚴重傷害，但是我和「班上最可愛的女生」與「班上第二可愛的女生」一起放學。

從左到右依序是「天海同學」、「我」、「朝凪」，我被兩名美少女夾在中間。

雖然隱約有點想要逃跑的心情，但我被她們兩人包夾，自由活動的範圍有限。

「欸，夕。」

「嗯……真是的，新奈仔還是老樣子。」

「咦？新田同學？」

（沒錯。她跟在後面。雖然做得挺高明的。）

朝凪在我耳邊輕聲說道。

稍遠的掩蔽物後面，的確稍微露出綁著髮圈的馬尾。

我在朝凪告知之前都沒發現，不過看在相處已久的兩人眼裡，似乎只是欲蓋彌彰。不過既然是朋友，這麼做也是理所當然的吧。

（嗯……雖然對新奈仔不好意思，不過就用那招吧……海。）

（嗯。）

天海同學與朝凪兩人隔著我竊竊私語。

聽來似乎是有什麼計畫。

（妳們兩個要對新田同學做什麼嗎？）

（咦？只是跑掉而已啊？）

（被跟蹤就要甩掉。這是當然的吧？）

（是當然的嗎……？）

然而遭到跟蹤實在不是什麼舒服的事，所以我決定聽從她們的意見。

（就在那邊的T字路口兵分成兩路吧。我和前原同學往左，夕往右。）

（嗯。啊，集合地點呢？就算選擇店家，這一帶能去的地方也很有限。）

地點啊。既然是學生，多半會找家庭餐廳，但是這樣一來新田同學當然也會知道。

如果要找個班上同學不知道，我們三人不用顧慮四周，可以放心談話的地方。

（……我家，怎麼樣？）

（咦？前原同學的家嗎？）

（嗯。距離這裡很近，而且也沒人知道。這個時間父母也不在。）

媽媽下班回家時間是深夜。以條件來說應該不差。最近朝凪也會過來玩，從此我多少有在整理。

（……海，怎麼辦？）

（也好，前原同學看來沒有惡意，我覺得可以。）

我覺得這樣不用花錢，是個合理的選擇，然而兩人的反應差強人意。

（咦？我說錯了什麼嗎？）

（啊，不，沒有喔？雖然沒有……）

（夕的意思是突然帶女生回家好像不太對勁。）

（真、真是的！海……！）

（啊。）

聽到朝凪指出這點，這才發現表面上我和朝凪剛才幾乎是第一次好好對話，然而天海同學也差不了多少。

在這種稱不上是朋友的狀態請對方前去私人的空間，確實是不妥當。這麼一說我才想到朝凪先前也有提過這點。

（抱歉，我不是這個意思……只是想到這個地方比較好，忍不住脫口而出。）

（啊，沒事的！我不是懷疑前原同學，這個，只是有點嚇一跳。因為我還是第一次去男生家裡叨擾。）

話雖如此，但是天海同學連耳朵都紅了。她和班上的男生也有所交流，所以我想多少有點抗性，但是該有的界線似乎劃得很清楚。

（那就這麼說定了。集合地點訂在前原同學家，時間是晚上五點。我和前原同學先過去，地點晚點通知。）

（嗯，了解！）

（……好，走吧。一、二、三！）

朝凪倒數完畢之後，我和朝凪與天海同學分成兩路同時拔腿就跑。

「啊！跑了！慢著！」

後面傳來新田同學的聲音，然而這一帶是住宅區，道路錯綜複雜，一旦在轉角跟丟就很難追上。

「誰會聽狗仔隊說的話啊。來，前原，這邊！」

「啊，喂——」

我和非常自然地抓住我的手的朝凪，並肩跑在夕陽染成橘紅色的回家路上。

「朝凪。」

「什麼事？」

「看妳好像挺開心的。」

「有嗎？是你的錯覺吧？」

雖然不知是因為奔跑還是因為緊張，總覺得領先半步拉著我的手的朝凪，手有點濕。

順利甩掉新田同學回到自家，我和朝凪一起準備家裡現有的茶點，過不了多久就聽到玄關的門鈴響起。

『呀呼——前原同學。天海夕，到府拜訪！』

對講機的畫面，大大顯示出天海同學惹人憐愛的陽光笑容。

大概是因為努力奔跑的緣故，部分瀏海因為汗水而貼在額頭上。

「抱歉，我馬上解鎖。門開了，妳直接進來就好。」

我先解除玄關的鎖，等待天海同學進來。由於突然有客人來訪，所以多少有點亂，就某種程度來說也是無可奈何。我把多半是媽媽脫下亂丟的睡衣等衣物塞進洗衣機，並且收拾客廳的桌子。

「前原，餐具放在哪裡？茶點還是放在盤子上比較好吧？」

「冰箱旁邊的餐具櫃最上面有客用餐具，就用那個。還有餐盤旁邊應該還有杯盤，也依照人數拿一下。」

「嗯。」

我和朝凪兩人分工合作，做好最低限度的待客準備。

朝凪也是客人，所以她完全可以坐在沙發休息——

「我也來幫忙。」

既然她這麼說了，於是請她幫忙。

「打擾了～喔～前原同學的家長這個樣子啊。」

「抱歉我家很小，因為只有我跟媽媽兩個人住。」

「啊，對不起。我又失禮了……我是第一次拜訪男生的家，一個不小心就——」

如此說道的天海同學臉頰微微泛紅，低下頭去。

她的反應非常青澀。

「……怎麼啦，前原同學？有什麼話想跟我說嗎？」

「咦？妳、妳指什麼？」

只見悠哉坐在沙發上的朝凪瞇著眼睛看了過來。朝凪起初來我家的時候，應該也在屋裡四處張望吧，然而到了現在已經當成自己家一樣放鬆。

只是朝凪（表面上）也是第一次來這裡，所以我姑且還是用眼神提醒，然後領著天海同學來到客廳的桌子。

「哇啊，餅乾罐。我很喜歡這個，有種高級的感覺。」

「是嗎？這是之前買來招待客人的，所以請隨意。」

「真的嗎？好棒。欸，海也一起吃吧？」

「好好好。啊，在這之前先把汗擦乾吧。來，手帕。」

「謝謝……等等，這點小事我做得到，不要拿我當成小孩子。」

「高中生還是小孩子啊。還有吃東西前要先洗手。」

「就說了……噗～」

天海同學開始鬧彆扭，朝凪則是駕輕就熟地照顧她。

在學校裡也很常見這幅光景，想來就是她們的日常吧。簡直像是一對姊妹。

朝凪照顧天海同學，而天海同學雖然在鬧彆扭，卻也任由她擺布。

加上兩人的容貌，這一幕真是如詩如畫。

「天海同學，妳要喝什麼嗎？咖啡或紅茶……還有綠茶之類的。」

「那就咖啡吧。還、還有如果可以的話，請幫我加上滿滿的糖跟奶精，那麼我會很開心。因為我，有點怕苦。」

「了解。說到這個，妳是不是最喜歡甜食了？」

「嗯。啊，你該不會是記得我自我介紹的內容吧？」

「啊……算是吧，嗯。畢竟當時的天海同學很醒目。」

我開火燒水，準備泡咖啡。

天海同學要加滿滿的糖和奶精，我則是只加糖。至於朝凪算是比較喜歡苦味，所以只加奶精——

「啊，欸，海，妳不用點嗎？前原同學已經連海的咖啡都在準備嘍。」

「……」

天海同學開口的瞬間，我維持背對兩人的姿勢僵在原地。

糟了。我時常做這些事，所以忘記至少表面上也得問問朝凪的口味才行。

明明是我主動邀她們到家裡談話，卻沒能貫徹我和朝凪幾乎也是第一次見面的設定。

「嗯？啊啊，因為我在夕來之前就說了。咖啡不加糖，加奶精。對吧，前原同學？」

「唔！啊、啊啊，嗯，是啊。」

看到我慌了手腳，朝凪於是幫忙掩護。由於我們兩個人先回到家裡，這個答案並沒有任何不自然之處。真有一套。

「那麼我想馬上開始討論上週的事，可是在這之前……夕，還有前原同學。」

「嗯，什麼事？」

「……請問是什麼事呢？」

「為什麼你們兩個會知道彼此的電話號碼？」

「「唔！」」

朝凪瞇起眼睛看向我們。她的嘴角帶笑，但是眼神完全沒有笑意。

「呃……這是因為……」

我和天海同學立刻招供、道歉。

態度十分真摯。

「——原來如此。說得也是，我想多半就是這麼回事。」

「對不起喔，海。我有想到不可以偷看，可是說什麼就是會在意海……」

「我也是，抱歉我之前都沒說。」

「嗯？為什麼前原同學也要道歉？前原同學只是遭到我和新奈仔的牽連，沒有做錯什麼事吧。」

「話是這樣說沒錯，可是……就算是遭到牽連，我確實沒能阻止妳們。」

關於偷看這件事，我已經得到朝凪的原諒，但是關於天海同學的聯絡方式則是保密到今天。這點讓我一直覺得愧疚。

「真是的……夕，妳把臉往前靠過來一點。還有前原同學也是。」

「嗯？這樣就可以了嗎？」

「……是。」

我和天海同學依照朝凪指示，把臉靠了過去。

下個瞬間，額頭竄過尖銳的痛覺。

「好痛～啊……！」

「嗚……！」

「——好，處罰結束。」

朝凪彈了我們的額頭……似乎是這樣，但又覺得彈額頭這麼痛實在不太對勁。

我的額頭現在還是火辣辣的……應該沒流血吧？

「我雖然沒生氣，還是要把帳算清楚。夕也覺得這樣比較乾脆，比較好吧？」

「嗯……對不起喔，前原同學。都怪我說要保密，才會牽連到你……」

「沒、沒什麼……不對，這下真的好痛。」

這次雖然就此一筆勾銷，但是今後可不能再有事瞞著朝凪。

不然有幾個額頭都不夠。

「好了，那麼這件事到此結束。要是你們再舊事重提，下次我可要認真了。」

「咦？」

下次要認真？

剛剛那下已經很痛了，還會更痛嗎……

「天海同學……請問——」

我看向天海同學，和我四目相對的她一臉蒼白，默默地點頭回應。

「真的假的……」

「——要不然試一下？」

「不用了。真的不用了。」

朝凪彈額頭，太可怕了。

不管怎麼說，這件事就此結束，終於要進入這次要談的正題。

在這之前，我們趁著飲料還沒涼，吃起了事先準備的點心。

「啊，這個餅乾好好吃。海，妳看，就是這種有巧克力的。」

「嗯，好吃。和這邊這個鹽味洋芋片交替著吃，就可以形成『甜』、『鹹』循環。」

「就是啊。這真是太罪惡了。對於體重也是。」

兩人一如往常，和樂融融地互相餵食點心。就算是好朋友，這麼要好的模樣多半也挺稀奇的吧。

「嗯？啊，對不起。只有我們吃個不停。來，前原同學也請用。」

「啊，嗯。那麼——」

我接過天海同學遞來的餅乾，就這麼吃了一口。

「怎麼樣？好吃嗎？」

「嗯，不錯，畢竟是我自己選的。」

奶油和苦甜巧克力的可可香氣很棒，甜度也恰到好處。

「來，前原同學。這個也很好吃喔。」

「啊，嗯……真的。」

我在天海同學的推薦下不停吃餅乾。餅乾很好吃，我也愛吃，可惜就是會掉餅乾屑。

「……欸嘿嘿～」

我小口小口吃著，注意不讓碎屑掉下來，這才發現天海同學面帶微笑一直盯著我看。

「這個……天海同學？」

「啊，對不起。我只是覺得吃東西時的前原同學好可愛。」

「可愛……？」

出乎意料之外的一句話讓我不由得心跳加速。

多少是因為我的嘴巴本來就不大，偶爾會像現在吃餅乾一樣，用有如小動物一般的吃法，但這或許是我第一次被說可愛。

我突然感到難為情，臉頰開始發熱。

「啊，臉紅了。前原同學果然很可愛。」

「啊，不，這個……」

我不知道這種情況該如何反應，忍不住對朝凪投以視線。

「……好了，夕，點心時間也差不多該結束了，我們趕快進入正題吧。我正是為了這件事才特地陪妳來的。」

「啊，嗯，也對。對不起，前原同學，你看我又搞砸了。」

「不會，嗯，沒關係。」

多虧朝凪推了一把，總算得以修正軌道，朝凪卻莫名鼓起臉頰。

——笨蛋。

感覺朝凪好像無聲開口，但是我做錯了什麼事嗎？

「雖然已經說了好幾次對不起，不過還是鄭重說一次……前原同學，那個時候真的很對不起。難得你和朋友兩個人一起玩，我卻那麼沒神經。」

「不會，那個時候我也很對不起。」

我也低下頭來，一邊回想上週的情形，一邊對天海同學解釋我當時的言行。

包括只要人一多，我就會不由得顧慮太多，變得畏縮。也包括我覺得和朋友兩個人玩得正開心，這樣感覺很掃興而發火。我把自己當時感受的情緒一五一十告訴她。

這段時間天海同學什麼話都沒說，只是認真聽我說話。因此雖然覺得難為情，仍然認為應該要把這件事說出來。

「……這個，雖然不是很確定，但是我想對我來說，和那個朋友共度的時間非常開心，也是非常寶貴的。好久沒去那樣的地方，做著像是學生會做的玩樂，我幾乎沒有做過那樣的事。我想那個朋友大概也是。」

朝凪雖然是常客，但是我說的這個朋友＝朝凪這件事，現在當然要保密，所以我只在這點加入一些假情報。

「……這樣啊。那麼前原同學很喜歡這位朋友吧。」

「咦！啊，不……這個，這……」

「嗯？前原同學怎麼了嗎？」

「沒、沒事，沒什麼……這麼說來也有這種看法吧……這個人固然是很重要，不過是否很喜歡……這個，不太好說吧。」

朝凪的確是我重要的朋友，但是本人就在眼前，讓我不由得回答得吞吞吐吐。

我很難為情，不敢直視朝凪。

真不知道朝凪是用什麼表情聽我說話。

「總之，關於上週的事我也有在反省，而且也打算忘記。所以如果天海同學也能這麼做，我會很開心。」

「嗯，謝謝你。那麼作為和好的表示，握個手吧。」

「啊，嗯。」

我牽起天海同學伸出的手，和她握手。

本來很擔心會不會緊張得冒手汗，但是天海同學根本不在乎這些，緊緊握住我的手，並且用力上下擺動。

「太好了呢，夕。」

「嗯，謝謝妳，海。多虧了海，我才能和前原同學和好。」

「不客氣。」

雖然一時之間不知如何收拾，但是這樣一來，關於上週的事應該就此告一段落。今後多半會有好一陣子，大家還會對天海同學與我的關係做出各種奇怪的臆測，但是只要置之不理，遲早都會平息。

班上的當紅人物，以及班上的邊緣人。雙方再度回到不同的世界，不再有所交集，這樣就好。

「好了，夕，既然說完了，我們趕快回家吧。待得太久也會給前原同學添麻煩。」

「嗯。啊，可是難得我們和好了，我還有一件事想拜託前原同學，可以嗎？」

「我想應該沒問題……什麼事？」

「嗯，呃，我想……」

完成收拾工作準備回家時，天海同學轉身面對我。

「前原同學，如果你覺得不好可以直說。」

「好的……什麼事？」

「這個……呃。」

忸忸怩怩的天海同學繼續說道：

「前原同學，如果你不介意的話，可以跟我當朋友嗎！」

「「……」」

這個突如其來的要求，讓我與天海同學身旁的朝凪都不禁僵在原地。

本來以為好不容易達成共識，但是看來我和天海同學的關係還會繼續持續下去。

然後到了隔天。（似乎）和我成了朋友的天海同學，馬上就展開攻勢。

「啊，是真樹同學。早啊，今天天氣也很好喔！」

「早安……是啊。」

「唔～真樹同學真是的，不用那麼客氣啊。」

天海同學可愛地嘟起嘴，然而我現在沒有這樣的心情。

班上同學的視線好刺人。

「欸、欸，阿夕……那個，我姑且問一下，妳說的真樹同學該不會是……」

「咦？新奈仔真是的～當然是前原同學啊。前原真樹同學。妳該不會忘記名字吧？」

「咦？不、不是啦，才沒有忘記……可是。」

新田同學不知道我的名字也無所謂，但是對於我和天海同學的關係想必大吃一驚吧。

前天還是「前原同學」，到了今天就變成「真樹同學」。

應該也有人會對究竟發生什麼事抱持奇怪的想像。

「阿夕，妳跟他變得好熟喔……果然發生了什麼事吧？」

「嗯。我和真樹同學和好了，並且成為朋友。對吧，真樹同學？」

一片譁然。

天海同學面露有如太陽的燦爛笑容說出這幾句話，導致整間教室議論紛紛。昨天的情形已經相當嚴重，但是今天更是超乎其上。

——喂喂，真的假的？

——那傢伙竟然和天海同學……

——搞不好是被他掌握了什麼奇怪的把柄？

——把柄？什麼把柄？

——不，這我也想不到……

雖然他們說得肆無忌憚，不過我已經放棄了。

從結論來說，昨天我和天海同學成為朋友，所以她才會直呼我的名字。

「我不知道別人怎麼想，可是我認為真樹同學為人很好。也許他平常確實比較安靜，但是他有自己的想法並能說出口，頭腦也很好……對我來說就是類似海一樣的男生。」

看待與思考事物的方式很接近，從這種角度來看，也許我和朝凪確實挺像的，但是總覺得未免太看得起我了。

「對吧，海？海應該能夠理解吧？畢竟昨天也和我們一起。」

「就算是好朋友，不懂的事情還是不懂……也許吧。」

「咦咦？是這樣嗎……我倒是覺得海和真樹同學如果成為朋友，絕對會很要好。你們也交換一下聯絡方式不就好了。」

「這個嘛，畢竟我也是女生……對於這方面得慎重一點。」

我跟她豈止交換聯絡方式，甚至時常有所交流，但是天海同學對此無從得知，所以我們只能含混帶過。

然而即使看在天海同學眼裡，我和朝凪也很像嗎？我們在天海同學面前明明沒說過什麼話，也許天海同學意外敏銳。

「啊！對了，真樹同學今天中午一個人嗎？」

「算是吧，嗯。我平常都是這樣，所以也是這麼打算。」

「這樣啊。那麼今天我們兩個人一起吃午飯吧？」

——兩、兩個人！

天海同學的發言讓整間教室變得更加吵鬧。

「等等，夕——這樣再怎麼說都太不好吧……」

「會嗎？真樹同學都說他不擅長跟很多人一起行動，那麼只有兩個人也許比較好吧——不行嗎？」

「也不是說絕對不行，可是……前原同學也覺得不妥吧？」

「嗯、嗯。話說這樣一定會緊張吧。」

朝凪也就罷了，天海同學不只是在我們班，甚至說她是全學年的偶像都不過分。

和這樣的人單獨吃午飯，光是想像就會緊張。

「妳看，前原同學也這麼說。」

「嗯～啊，那麼海也一起吧？這樣雖然會變成三個人，不過海昨天也跟真樹同學一起。欸，真樹同學，這樣就可以吧？」

「呃、呃～」

即使從兩個人變成三個人，既然增加的那個人是朝凪，總覺得這又是另一個問題。

然而這個時候如果堅持拒絕，也可能反而讓班上同學對我的觀感變差，覺得「你別得寸進尺」。雖然非常不講理，但是這種時候也沒辦法。

「……我知道了。那麼今天就和朝凪同學還有天海同學，我們三個人一起吃。」

「真的嗎？太棒了。」

取得我的同意，天海同學天真地做出萬歲手勢。

跟我吃飯明明一點意思也沒有……真不知道她是人太好，還是單純有點怪。

「謝謝你，真樹同學！欸，海，真樹同學說ＯＫ喔。」

「是是是，真是太好了……真抱歉，前原同學，讓你配合公主殿下任性的要求。」

「不，我是沒什麼問題。」

雖說是時勢所趨，但是到頭來還是依賴朝凪解決。

有困難時要互相幫助——這的確是我和朝凪的共識，但是即便如此，我還是希望盡可能靠自己度過難關。

我們約好之後回到各自的座位，立刻偷偷發訊息給朝凪。

『（前原）對不起，朝凪。憑我一個人實在應付不了。』

『（朝凪）這次沒辦法啦。又不是我們的交情曝光了，別想這麼多。』

『（前原）也是。感謝朝凪，妳這麼說我很開心。』

『（朝凪）不客氣。既然是朋友，這種時候更是非得合作不可。』

『（朝凪）這』

『（前原）這？』

『（朝凪）抱歉，按錯。沒事。』

『（前原）是嗎？那就好。』

於是我停下打字的動作，抬頭看向坐在前面的朝凪。

朝凪並未發現我的視線，眼睛依然盯著手機。感覺她的側臉比平常紅了一些。

轉眼間就迎來午休時間。

從第一堂課到第四堂課，包括下課時間共有四個小時多一點。時間的流動速度應該是相同的，但是偏偏在這種時候馬上就過去了。

「嗯～上午的課終於結束了。平常總覺得過得更快……欸，海是不是也這麼覺得？」

「不，就我的感覺來說倒是相反……」

我和朝凪的視線對上了。果然，朝凪看來也在思考之後的事。

班上其他同學當然也是。

真希望他們快走，但是就連那些平常立刻離開教室的人，只有今天顯得很在意我們。

「真受不了……只是跟同班同學一起吃午飯……還有，新奈立刻收起妳的手機。」

「好、好～」

聽朝凪這麼一說，坐在後面座位的新田同學，手機便從制服袖子裡掉出來。真是個不能掉以輕心的人。

「啊哈哈……照這個樣子看來，在教室裡是沒辦法好好吃飯了。雖然有點冷，今天就在外面吃吧。」

「就是啊。如果是太陽曬得到的地方反而剛剛好。前原同學也可以嗎？」

「嗯，我無所謂。」

於是我們三人走出教室，尋找有沒有合適的地方。

「海，哪裡比較好呢？我中午幾乎都在教室或學生餐廳吃飯，所以不太清楚。」

「照常理來想應該是中庭比較好，可是那裡人挺多的。我們是無所謂……前原同學要不要緊啊？」

雖說人多，但也不到擁擠的程度，就只是沒有椅子可以坐，不過能坐的地方多得是。

所以只要她們兩人認為這裡可以，我在哪裡都無所謂。然而——

——喂，那邊的兩個女生是一年級的？

——是吧？而且她們兩個都好可愛，尤其是金髮的。

——後面那個不起眼的傢伙是怎樣？怎麼回事？

這個問題我也想問，總之就是這樣，光是走在走廊上就能不停聽見這類的竊竊私語。

在這種情境下吃便當，一定不好吃。

「那個，如果妳們不介意……」

「嗯？」

「怎麼了？」

我對著在中庭附近討論該怎麼做的兩人開口。

這正是我出場的時刻。

「——哇啊，真的耶。明明是這麼好的地方，竟然一個人也沒有。」

「日照良好，雖然沒有桌子，但是有長椅……這個地方挺好的。」

「能聽妳這麼說真是太好了。」

我帶她們兩人來到位於校地南側，教職員辦公室與校長室所在的行政大樓旁邊的教職員用吸菸區。

聽說直到幾年前，這個地方都是喜歡吸菸的老師們的休憩場所，但是由於近年的趨勢，校地範圍全面禁菸，結果就是只留下這個空間，被人置之不理。

我把沾有灰塵的長椅弄乾淨，讓大家有地方可坐。比起花草樹木井井有條的中庭，這裡又小又滿是雜草，但是是個與喧囂無緣的地方，對於像我這種邊緣人學生來說，最適合用來發呆了。

「我只能想到這種地方……是不是不太好？」

「才不會！謝謝你，真樹同學。來，海也要好好道謝。」

「夕不要擅自主導……也是啦，謝謝。」

於是我們並肩坐在長椅上，攤開便當。

「啊，真樹同學的煎蛋看起來真好吃。要不要跟我的香腸交換？」

「咦，這、這是沒關係……但妳可能吃不慣。」

「不會啦，完全不會……真樹同學的便當莫非是自己準備的？」

「偶爾。媽媽工作很忙，所以有時間的話我就自己弄。」

天海同學似乎嚇了一跳，但是這並不難。因為有前一大晚餐的剩菜，以及假日事先做好的常備菜，所以只要早一點起床就能輕易準備。

雖然偶爾會偷懶，但是我和媽媽兩個人住，所以多少還是得努力一下。

「海，怎麼辦？我們明明是女生，但是女子力比真樹同學還低。」

「可以不要把我也算進去嗎？雖然的確是輸了沒錯。」

在家事方面，她們多半都是交給父母處理，所以這也沒辦法。我起初也做不好，於是用手機瘋狂搜尋洗衣、洗碗之類的家事怎麼做。

「哇啊，這煎蛋真好吃。甜甜鹹鹹，感覺也很下飯。」

「咦……前原同學，也可以給我一個嗎？」

「嗯，好啊。」

朝凪把我遞過去的煎蛋放入口中的瞬間，不停眨著眼睛。

「……怎麼樣？」

「……太狡猾了。」

我只是在煎的時候多加了市售的高湯粉和糖各一撮，其實滿簡單的，不過看樣子她們都很中意。

雖然好奇朝凪的感想為什麼是「太狡猾了」……不過就先當作是種稱讚吧。

因為互換配菜的關係，我們聊烹飪話題聊得十分起勁。

我本來還很迷惘，不知道和天海同學吃午飯時到底該聊些什麼，幸好是提起烹飪這個保險的話題。

「喔～真樹同學還會做點心啊？吃煎蛋的時候就已經覺得你肯定不是泛泛之輩……唔，

真沒想到竟然這麼厲害。」

「不，雖說是會做，也不是什麼大不了的東西。」

考慮到性價比，還是用買的比較好，但是我假日時不想出門，而且一個男生去甜點店還是會有所抗拒，因此當我想吃甜食時，自己做也是個可行的選項。當然了，另一方面也是我的時間多到發慌。

「那麼你最近做的點心裡，比較好吃的是什麼？」

「呃……只用蛋和香蕉做的舒芙蕾鬆餅之類的……」

「只、只用蛋和香蕉做的舒芙蕾鬆餅……！」

天海同學有如鸚鵡複誦了一次，驚訝地發抖。

「欸欸，海，我剛剛瞬間失去意識了，真樹同學說了什麼？」

「夕，妳振作一點。傷口並不深啊。」

兩人都用一臉難以置信的表情看著我。我個人覺得這沒什麼了不起。

「沒有難到需要驚訝的地步啦。就是看看網路影片或食譜網站，用幾道簡單的步驟就能做出來的東西。」

「噗～真樹同學說得這麼簡單～你要知道這個世上也有人即使照著食譜的分量做，還是會失敗的。對吧，海？」

「畢竟夕有『把糖變成黑暗物質』這種煉金術師的才能嘛。」

「啊，海好過分！竟然說這種話，妳自己還不是差不多。妳可別說忘了去年情人節時做的巧克力風木炭。」

「至少在木炭後面加個『餅乾』，妳這個笨蛋。」

看來這兩人都不擅長烹飪。也就是說，朝凪是專門負責吃嗎？

「啊，雖說是情人節，我們也只是自己做給朋友吃，並不是真的要送給誰。」

「這麼說來妳們讀的是女校啊。」

她們就讀的女校即使是從廣泛的分區來看，也是當地排名第一的貴族學校，是有錢人家的孩子或是成績優秀的學生才進得去的學校。而且聽說採取國小、國中、高中的一貫教育，照理來說幾乎所有學生都會一路讀到高中畢業。

……好了，就別做奇怪的想像了。我自己也大同小異。

「真好～真好～我最喜歡甜食了，聽了之後就很想吃你做的……啊嗚嗚，鬆餅……」

「如果妳這麼想吃，我也可以做一下……」

「咦？真的？你願意做嗎？太棒啦～！」

天海同學露出花朵綻放般的燦爛笑容，開心地擺出萬歲姿勢。

只要有個五百圓，就能做出包括配料在內，分量和滋味都能令人滿意的便宜甜點，雖然遠遠比不上店家販售的……但是看她這麼開心，就覺得有點坐立難安。

「那麼還得再去真樹同學家玩才行了。今天我有點別的事，所以沒辦法，如果是其他日子就可以……啊，這個週五如何？這天我還沒有排活動，所以沒問題。」

天海同學立刻就想約定日期，但是這天有點不方便。

「週五……」

雖然目前還沒約，但是週五基本上是跟朝凪一起玩的日子。

雖然這只是我個人如此認定，如果雙方（主要是朝凪）的行程對不上，取消這個計畫也沒有問題。

……雖然沒問題。

「……呃～抱歉。該說這天，還是週五我不太方便，嗯。」

「咦，這樣啊？」

「嗯。其他幾天都可以，但是這天我有點想先空下來……」

一旦說出口，就是朝凪和我兩個人都有事，所以搞不好會被天海同學猜到事有蹊蹺。

為了不讓祕密曝光，這一週的時間排給天海同學，然後取消和朝凪的行程。這樣應該是比較好的選擇。

換作是朝凪，面對同樣的情形應該也不會拒絕邀約吧。

「啊，當然不是有什麼事要忙。只是囉唆的家長這天忙著工作不會回家，基本上我想一個人懶洋洋地過……」

然而就以這天而言，我還是希望以朝凪為優先。

我希望自己能夠隨時待命，當朝凪因為平常的交友關係心累時，可以陪陪她。因為我希望把她當成與天海同學不一樣的「朋友」來往。

「所以如果可以換一天，我會很開心……不方便嗎？」

「怎麼會呢，我完全沒問題。而且這次是我提出的請求，當然應該由我配合你的時間。欸，海，下週找一天去真樹同學那裡可以嗎？我們一起去嘛……」

「咦？哎呀～呃……」

她看似抗拒，但多半是演出來的。而且要是朝凪沒有一起來，我會很傷腦筋。

「……好吧，真拿妳沒辦法，果然還是需要監護人吧。好啊。」

「嘿嘿，謝謝妳，海。那就這麼說定嘍。」

我們說好下週找一天來我家玩。天海同學大概就是用這樣的方法不斷和更多各式各樣的人建立連結吧。

「啊，已經這個時間了……海，第五堂課是什麼？」

「呃，啊，是體育吧。要換衣服才行，所以得早點過去。」

「不會吧？真樹同學，對不起，我們先回去了。」

「啊，嗯，你們慢走。」

「嗯，我們先走了～！」

「拜拜。」

我目送兩人離開，獨自坐到長椅上。

口機裡的手機馬上傳來震動。是朝凪發來的訊息。

『（朝凪）笨蛋。你跟夕玩又沒有什麼關係。』

『（前原）不好意思我就是笨蛋。可是要跟誰玩是我的自由。』

『（朝凪）是這樣沒錯。可是，原來你這麼想跟我玩啊？』

『（前原）沒有，也還好。』

『（朝凪）騙人。老實一點。沒有我就不行吧？你想要我吧？』

『（前原）啥？才不要，笨蛋。』

『（朝凪）說人笨蛋的才是笨蛋。你這笨蛋。』

『（前原）少囉唆笨蛋，快去換衣服。』

總覺得再說下去只會是無謂的拌嘴，於是我把手機塞進口袋。

朝凪那傢伙一直喊我笨蛋笨蛋，下次見面妳可要做好心理準備。

最近朝凪差不多每週都來玩，不知道她與其他人的關係有沒有問題。說到這個，我忽然有了疑問。

週五。由於週六放假，和週二、週三之類的日子相比，應該比較多人會選在這天出去玩。班上同學確實也有很多人這天有約。

像我這樣的傢伙說得煞有其事固然也不太對，但是我認為和很多人一起玩，建立人際關係還是比較有好處的。

像是高中換班、上大學、出社會，往後還有幾次強制分配到新的社群圈子裡。如果和很多人有所交流，這種時候往往能夠轉移得比較順利。從國小到國中、從國中到高中時都很好懂，入學時基本上都是原本就讀同一所國小、同一所國中的人形成小圈圈，然後再與其他小圈圈產生交集，漸漸有所往來。

總而言之，雖然也許是多管閒事，但是我開始擔心朝凪。

週五我會空下來，讓朝凪隨時可以過來，所以她要每週都來也沒有問題。

畢竟她似乎也玩得很開心，而且她每週過來，也是因為覺得來我家待起來挺自在的，作為東道主……的確是滿高興的。

「……做什麼？你是怎麼了？一直看著我。」

朝凪察覺到我的視線，偏著頭表示不解。即使是右手拿薯條，左手拿控制器的邋遢狀態，但是由於本來就很漂亮，所以再怎麼說還是美得像一幅畫，有點可恨。

「啊，我知道了，因為我太可愛，你看傻了吧？既然這樣就順便稍微手下留情……」

「不，那可不成。」

「嗯呀！這、這傢伙又陰我！別都躲起來，光明正大出來一決勝負！」

「妳多少也該學一下戰術……不，我不是要說這個，而是有點擔心妳。」

「擔心什麼？我和你不一樣，又沒發胖。」

「……我變胖這件事一點也不重要。」

獨自思索也不是辦法，於是我決定把擔心的事說給朝凪聽。

到頭來，我想說的就是「妳多和別人一起玩是不是比較好？」所以聽到這句話後，朝凪立刻露出不高興的表情。

「怎麼了，你就那麼不想跟我玩嗎？你覺得膩了，我沒有利用價值了？」

「當然不可能是那樣。多虧有朝凪陪我……」

「……我，怎麼樣？」

「嗚……」

我差點說出藏在心裡的真心話，趕緊閉嘴，但是朝凪對這種事很敏銳，立刻露出狡猾的笑容。

「喔～哼～嗯～？」

「怎樣啦？」

「嗯？沒什麼～只是在想前原剛剛想說什麼啊……多虧有朝凪陪我？來，前原同學，請把話說完。」

「我……」

「嗯。我怎麼樣？」

「有機可趁。」

我趁著朝凪把注意力放在我身上時，使用衝鋒槍將遊戲畫面當中朝凪可愛的虛擬化身打成蜂窩。

「啊，喂！趁我沒在看的時候，卑鄙小人！」

「戰場上沒有什麼卑鄙不卑鄙的。」

我設法強行轉移話題，於是我們再度回到遊戲畫面。

朝凪的遊戲技巧與以前相比，有了長足的進步。一問之下，她說是拿哥哥房間裡的遊戲機進行特訓。

或許是因為這樣，最近在對話或傳訊息時，遊戲專門術語滿天飛的情形變多了。雖然只有一年左右的資歷，但朝凪已經是個像樣的遊戲宅了。

「不管怎麼說，你是在擔心我吧？這點我要謝謝你。」

「……我也不該隨便擔心。這點我要說聲對不起。」

「嗯。可是前原的意思我也懂。的確，最近我有種都待在這裡的感覺。要是做得太露骨會被夕看穿，我會多注意一點。那麼下週要吃什麼？我有點想試試這個混合摩登燒～」

「咦？妳有好好聽我說話嗎？」

雖然總覺得被她岔開話題了，不過朝凪這麼能幹，多半有好好思考要怎麼做吧。

「啊！對了。之前你借我的愛情喜劇漫畫，那個還挺好看的。主角、女主角，還有大家都好可愛。」

「對吧？昨天我發現最後一集提前上市了，要看嗎？」

「真的假的？早說啊！放在哪裡？你的房間嗎？借我看！」

「那是無所謂，但是我還沒看……」

「那就一起看吧。快點，別吃那些已經軟掉的薯條了，趕快去房間吧。」

「這可是妳點的。」

於是我們暫時停下遊戲，到我的房間看漫畫。

因為媽媽從事編輯工作的關係，我的書架上滿滿都是漫畫、輕小說與其他刊物。玩遊戲玩得有點累時，或是沒有玩遊戲的心情時，我們有時也會一起在房間裡躺著看漫畫。

「前原，可以坐你旁邊嗎？」

「是沒差。」

「嗯。」

於是我們一起坐在床上，開始看起漫畫。

「……前原，下一頁。」

「嗯。」

我配合朝凪的步調，慢慢翻頁。

「……本來還擔心最後要怎麼收場，還好確實是個好結局。」

「嗯，果然還是王道最好。」

無論我還是朝凪，都是會對喜歡的作品或熱門話題進行深入討論的類型，像是一些小地方的台詞，或是推敲伏筆要怎麼收。

聽說朝凪也會和天海同學或是其他同學聊漫畫和電影的話題，但是通常都是聊些表面的東西，不會提到畫面有沒有魄力、音樂好不好等真正想聊的部分。

關於這一點，大概也是她愈來愈把我當成「同好」看待的原因。

「啊啊～真好看。我從第一集重看一遍吧……前原，第一集在哪裡？」

「書架正中央那裡。那我就看別的吧。」

之後我們時而躺在床上或是地毯，時而靠著牆看著自己喜歡的書，度過平靜的時光。

這段期間我們很安靜，沒什麼特別說些什麼。只是也不會因此感到尷尬。

這就是我和朝凪平時相處的方式。

「呼。好久沒有看得這麼專心了……」

看到一個段落，休息一下，這才發現已經過了兩個小時以上。

看書或是打遊戲時時常會發生這種事，所以很傷腦筋。

「喝個咖啡提提神吧……朝凪，我去泡咖啡，妳也——」

我呼叫彷彿當成自己家一樣占領我的床看漫畫的朝凪，這才發現——

「呼～」

「喔，似乎睡著了……」

靠近一看發現朝凪似乎看到一半睏了，以半張著嘴的邋遢模樣睡著，而且還在打呼。睡覺是沒關係，總覺得未免太放鬆了。這裡好歹也是青春期男生的房間。

「……嗯嘎。」

「真是的，打呼的聲音也太不像女孩子了……」

然而只要待在一起，就會連這種地方也惹人憐愛，真是不可思議。

「呼啊……我也再躺一下吧。」

看著朝凪的睡臉，彷彿被她感染了睡意，眼瞼愈來愈重。

看一下手機，時間快到九點。距離平常朝凪回去的時間還有一小時左右，再讓她睡一會兒也沒關係吧。

側目看著躺在我的床上蓋著被子，睡得很香的朝凪，設好鬧鐘之後便用座墊當枕頭，躺在地上小睡片刻。

這麼慵懶的夜晚時刻讓人感到非常自在，不禁想要多待一會兒。

就是這個想法招致接下來的問題。

——醒醒。真樹，快醒醒。

「嗯啊……？」

我正在舒服地打盹，某人說話的聲音便在我睡昏的腦中迴盪。

鬧鐘還沒響，所以應該沒過多久。搞不好是朝凪先醒了。如果真的是這樣，至少應該送她到玄關——

「——真樹、真樹。我叫你快點醒醒。」

「嗯……抱歉朝凪……我也有點睏了……」

「——喔～那個女生是朝凪同學啊？」

「……咦？」

這個瞬間，不好的預感竄過全身。不妙，莫、莫非……

翻身看見依然睡得香甜的朝凪。

然而有人在叫我，這就表示——

我慢慢地把視線拉回正面。

「好久沒有這麼早做完工作，回到家一看……真沒想到你竟然把女生帶到自己房間裡。你會解釋清楚吧？」

「媽媽……我、我會的……」

眼前是雙手抱胸低頭看著我，原本因為工作忙碌不會回家的母親。

雖說是大意的我不好，但是萬萬沒想到竟然是媽媽比天海同學還要早發現。

「抱歉，朝凪。我本來是打算時間到了再叫妳。」

「唉呀……我們都睡死了。如果不是被前原伯母叫醒，可能就會一覺到天亮了。」

大概是睡得很舒服吧，被媽媽叫醒的時候，時間已經過了晚上〇點。

聽朝凪說過她家沒有門限，而且每次都有事先說過也許會晚點回家，但是這個時間未免太不妙。

……搞砸了。

「——是啊，是的。他們兩個原本好像在看漫畫，看著看著就睡著了……是，是。我家這孩子真是的……啊～哪裡哪裡，您客氣了……錯的不是令嬡，完全是我家笨兒子——」

我和朝凪在客廳並肩跪坐，媽媽則是與朝凪的父母聯絡。看樣子完全是單方面道歉。

就是這樣，週末和我一起玩的「朋友」是班上的女同學這件事，被媽媽以及朝凪的雙親知道了。

我本來就打算等待合適的機會介紹給媽媽認識，但是萬萬沒想到會以這種接近最糟糕的情形實現。

「久等了，小海。我已經得到令堂的許可。時間也晚了，今天就在我家過夜吧。」

「咦？可、可是這也未免太給你們添麻煩……而且，這個，前原……不，我是說真樹同學也在。」

看來今天似乎要讓朝凪留下來過夜，不過就算是朋友，畢竟我是男生，她是女生。這點當然不能不在意。

「沒關係的。雖說距離這裡走路只要二、三十分鐘，但是讓女孩子一個人走夜路未免太危險，而且我家兒子又不可靠……我當然不會讓真樹有機會碰到妳，這點妳可以放心。」

「我怎麼可能做這種事……而且我們在房間時就是一個睡床，一個睡地板啊。」

「哎呀，雖然嘴巴這麼說，其實有趁小海睡覺時偷看她的臉，甚至偷戳了幾下吧？」

「怎……怎麼可能。我和朝凪又不是那種關係……而且妳要多少信任自己的小孩。」

「信任之後卻換來這種結果？」

「……對不起。」

我老實地對媽媽低頭道歉。

還有，關於朝凪，我偷看她的睡臉時確實有一瞬間覺得可愛，但是我完全沒碰她，也沒有任何不可告人的念頭……應該。

「只是話說回來，真沒想到你會和這麼可愛的女生這麼要好。看你整天都只顧著一個人玩遊戲，根本一點跡象都沒有。真樹，你是從什麼時候開始拐帶小海來我們家的？」

「妳的說法……呃，我們大概是從一個半月前開始在這裡玩。」

總覺得拐帶這種說法未免太過分，但是我決定自己頂下所有的罪。

「原來如此。難怪每次熬夜工作回家時，家裡的除臭劑味道都特別重……真沒想到是因為這樣的理由。」

我隨口捏造是因為外送餐點氣味太重之類的理由，但是真正的理由也包括要消除朝凪待過的痕跡。

不知道是香水還是其他化妝品，總之朝凪回去後，客廳裡微微有股平常絕對不會有的甜香。媽媽對於氣味很敏感，所以我才會想辦法掩飾，盡可能不被她察覺。

只是到頭來，還是因為我的一個不小心而付諸流水。

「總之，我已經確實得到許可，所以小海今天就在我們家過夜，等到明天早上再回家，好好跟令堂道歉。知道嗎？」

「朝凪，可不可以請妳先相信我媽媽？妳待著的時候，我也會乖乖聽媽媽的指示。」

然後如果能夠得到許可，就直接去朝凪家道歉吧。

「呃……你真的什麼都不會做吧？」

「怎麼可能做啊。妳把我當什麼了？」

「說得也是。要是前原有這樣的膽量，我們連會不會成為朋友都很難說……嗯。」

朝凪儘管有點遲疑，似乎還是點頭同意了。

「我明白了。那麼今天就讓我在府上叨擾。」

「嗯，請多指教了，小海。那麼制服不可以弄皺，妳就穿我的睡衣吧。啊，在這之前得先洗澡才行。洗完澡之後，我們女人之間多聊聊……真樹，你回自己的房間去。」

「知道啦，真是的。」

媽媽生氣歸生氣，對待朝凪挺寬容的。而且她的情緒亢奮得怎麼看都不像剛下班。不過畢竟我之前從來不曾找過朋友來家裡，也不曾去朋友家裡玩。相信她身為母親也挺高興的吧。

當然了，朝凪很漂亮多半也是原因之一。

「我會乖乖回房間，可是朝凪要睡哪裡？雖然有沙發，但是總不能這樣對待客人。」

我家沒有給客人用的房間和棉被，所以要說有哪裡能睡，也就只有沙發。

「咦？我睡沙發也沒……」

「不行喔，小海。睡沙發身體會變僵硬，而且也睡不好。」

「可是這樣一來……」

朝凪朝我瞥了一眼。

我家的床只有我房間和媽媽房間共兩張。媽媽多半睡自己房間，這樣一來只剩——

「知道了。今天我睡沙發，朝凪睡我的床。等妳洗完澡再交換位置。」

「咦？可是這樣前原……」

「我就算睡地板也能熟睡，所以睡沙發應該也沒問題。雖然是借住我家，但是如果可以的話，朝凪也想好好睡一覺吧？」

「話是這麼說沒錯……可是，真的好嗎？」

「嗯。棉被最近才曬過，應該不至於太髒。」

而且看到她在我的被窩裡睡得那麼香，也不能不讓給她。

「真樹都這麼說了，妳就別客氣了。小海，好不好？」

「……知道了。就這麼辦。」

於是只有今天，我和朝凪的週末比平常來得更長。

既然朝凪去洗澡，所以我立刻被媽媽趕回房間，抱著膝蓋坐在床上發呆。

「真沒想到朝凪會在我的房間過夜……」

一群朋友聚集在誰的家裡通宵玩樂或聊天，並非什麼不可思議的事，但那終究是一群男生或是一群女生。不然哪怕是男女朋友，多少也會有所顧忌吧。高一小朋友就更別說了。

至於現在的我關上房門，同時用耳機聽音樂加以隔音，所以不知道外面的情形。

我也想洗澡，但是卻遭到媽媽禁止。媽媽表示：「你休想用小海泡過的熱水亂來——」

她真的以為我會這麼做嗎？

「朝凪的……」

朝凪被蒸氣籠罩的身影浮現腦中——

「……不不不，我蠢了嗎？」

我立刻揮開奇怪的想像，把耳機的音量調得更大聲。

這是聽說最近蔚為話題的戀愛電視連續劇的曲子。屬於我常聽的搖滾樂團歌曲，但是最近拿戀愛或友情當主題的歌愈來愈多，我也比較少像以前那樣不斷重複播放同一首歌。

……對著邊緣人說什麼戀愛、羈絆之類的我也不懂。

「朝凪應該是朋友沒錯……」

即使委身於音樂節奏，看著現在最喜歡的漫畫，腦中依然浮現第一次交到的朋友。

一起玩遊戲，吃著怎麼想都覺得對健康不好的垃圾食物，互相開些愚蠢的玩笑——願意和不擅溝通的我做朋友的女生。

我當然認為朝凪是「朋友」，如果可以，今後也想繼續建立良好的關係。如果朝凪也能這麼想就好了。

然而即使平常不會意識到這種事，但遇到這樣的情形，那麼無論如何都能親身體會。

朝凪海是個女生。

她的成績優秀，品行端正，有著和天海同學一樣引人矚目的外表，是「班上第二可愛的女生」。

這樣的女生正在我家洗澡，還會換上睡衣待在我的房間裡，在我的床上睡覺——

「……咦？」

這樣一想，就覺得心跳愈來愈快。

剛才偷看她的睡臉時，明明絲毫沒有動搖。

（那可是朝凪耶？雖然我的確覺得她很漂亮，不過她可是個表面裝乖，其實會半張著嘴像個大叔一樣打呼，還流口水的傢伙耶？）

明明是這樣，為什麼總是想到那些讓我感受到朝凪是個「女生」的場面，搞得自己一個人這麼動搖呢──

「──哇！」

「喔哇啊！」

這時有人在我耳邊輕聲開口，讓我嚇得幾乎整個人跳起來。

往旁邊一看，眼前是看到我這沒出息的模樣而忍笑的朝凪。

「啊哈哈，真是的，我只是小小嚇你一下，怎麼會嚇成這樣？剛剛的前原就像百圓商店的青蛙一樣跳得很高。」

「朝、朝凪……妳好歹敲個門吧。」

「唔，我敲了啊，敲了好幾次。是前原耳機開得太大聲才沒聽見吧。」

換作是平常，就算戴著耳機我也會聽見，似乎因為腦中各式各樣的念頭纏繞，讓我沒能注意到周遭。

「啊，對了。關於睡衣，伯母的睡衣尺寸不太合，所以借用你的運動服。抱歉啦。」

「啊，還好，這沒什麼……而且我有好幾件顏色不一樣的同樣款式。」

「這樣啊，太好了。這款運動服又厚又柔軟，穿起來很暖和。我下次也來買吧。」

朝凪換上海軍藍的整套運動服。由於尺寸比較大，穿起來顯得很寬鬆，我在假日時幾乎都是穿這個。

朝凪說尺寸不合，但是媽媽與我的身高應該差不多……算了，這點就別深入追究。

現在穿著鬆垮的運動服所以看不出來……但是朝凪的胸部也算滿大的。

……我又冒出多餘的念頭。

「總、總之我去客廳睡。床就隨便妳怎麼使用——」

「啊，等一下。」

「咕！」

虧我懂事地想離開房間，朝凪伸手抓住我的衣領後方，不讓我走。

「什、什麼事？」

「哎呀，我一直睡到剛剛，洗過澡之後完全清醒了……陪我聊一下天吧。」

「……我被媽媽吩咐儘量不要跟妳待在同一個空間喔。」

「一下子沒關係啦。而且要是前原敢亂來，我也會大叫。」

「我才不會。」

媽媽這個人說到做到，就算是開玩笑，一旦朝凪大叫求救，可不只是教訓就能了事。

「來吧——前原，這裡。坐我旁邊沒關係。」

「這裡本來就是我的床——」

「只有現在是我的床……快點，過來。」

朝凪像是叫狗一樣，拍拍自己身旁。

「都不知道別人的顧慮……真是的。」

要是她大聲喊叫可就傷腦筋了，所以我只能坐下。

雖然擔心被媽媽發現，但是朝凪剛洗完澡，接著輪到她洗，所以聊個十、十五分鐘應該沒問題吧。

我維持肩膀稍微接觸的距離，在朝凪身旁坐下。

「唉……真沒想到會在前原家過夜。竟然拐帶這麼可愛的女孩子，前原真是渣男。」

「追根究柢，還不是因為朝凪睡死了。雖然睡著的我也有錯啦。」

「有道理。也是啦，我身為女孩子也太沒有戒心了。關於這點我要反省。」

朝凪啊哈哈苦笑幾聲，身上傳來柑橘類的香氣。她明明應該和我使用同一瓶洗髮精，但是我從來不曾有這種味道。

「欸，前原。」

「嗯。」

「我們是壞孩子吧。」

「……嗯。」

確實是不好。萬一這件事陰錯陽差被班上同學知道，朝凪的形象肯定會下滑吧。

當然了，天海同學應該也會對朝凪大感失望。

「我說朝凪，我一直在想一件事……」

「……想把我們的關係告訴夕嗎？」

「嗯。該不會朝凪也一樣？」

「洗澡的時候想了一下。是啊，差不多快瞞不下去了。」

這次的事件讓我有了痛切的體會，無論多麼小心，想必遲早都會在某個環節被天海同學看穿吧。無論再怎麼說，天海同學應該都沒那麼單純。

在因為曝光而道歉之前，由我們主動道歉可以降低傷害。畢竟提議這段關係要保密的人是我，這樣一來即使關係多少會變差，應該也可以很快和好。

「我會在最近試著找機會跟夕說。前原一如往常就好。」

「知道了。那就交給妳了。」

我們和天海同學約好下週的週三一起玩，我先做好到時候必須道歉的準備吧。

如果因此導致被天海同學討厭，她在班上公開這件事，那麼也是自做自受。

「好，這件事就說到這裡……那麼接下來要聊什麼？機會難得，這種時候還是來聊聊固定要有的戀愛話……啊！」

「哼～」

這傢伙，剛才絕對是故意帶起話題。我的人生當中怎麼可能有這種東西。

就只有和朝凪這段全新的回憶。

「受不了……媽媽也差不多快洗好了，我要睡了。」

「真是個難相處的傢伙。那麼今天就此放過你吧。」

「好好好，謝謝妳。」

朝凪果然是朝凪。對我一點也不客氣，同時也是個用不著顧慮的朋友。

剛才會那樣胡思亂想，想必是有什麼誤會。

「啊，對了。欸，前原，可以再說一句話嗎？」

「……什麼事？」

「前原，晚安……嘿嘿，像這樣說得這麼正經，就覺得有點難為情呢。」

「唔……晚、晚安。」

我和朝凪道晚安後，立刻撲到沙發上，把自己裹得像隻毛毛蟲一樣，閉上眼睛。

（只有一點點，雖然只有一點點，我就是忍不住覺得她好可愛……）

腦中浮現剛才看到的朝凪有點難為情的靦腆表情。

「……原來她也能露出那樣的表情啊。」

都是朝凪的錯，看來今晚我有好一陣子無法入睡了。

結果這天晚上我一直小鹿亂撞睡不著，但是下一件事不會因此停下來等我。

隔天的週六早晨。我正和朝凪一起前往她家。

「對不起喔，前原。媽媽說什麼都想見你，不肯聽我解釋。」

「不，這種事還是早點說清楚比較好。我也覺得遲早有一天得過去。」

根據朝凪的說法，早上她一說要回家——

「我也想順便跟那個男生聊聊，帶他一起回來。」

便得到媽媽的吩咐。也就是說，這次是由朝凪家指名我過去。

……老實說，我有點害怕。

「——好，到了。這裡就是我家。」

「喔喔……」

走過平常不會走的路，過了一個平交道之後沒走多遠，就能看見朝凪家。

正如朝凪所說，是很普通的住家，外觀是常見的獨棟住宅。位於住宅區的兩層樓木造建築，寬廣的庭院角落有家庭菜園，水潤的小番茄結果了，那多半是朝凪的媽媽種的吧。

我按下玄關的門鈴，等了一會兒，接著隨著一陣拖鞋聲，朝凪的媽媽探出頭來。

「……我、我回來了。」

「回來啦，海……還有，歡迎你，前原同學。」

「初、初次見面，我是前原真樹。」

「真是有禮貌。我是朝凪空，雖然不情願，但我就是旁邊那個壞女兒的母親。」

雖然呵呵笑了幾聲，但是就像朝凪某次露出的笑容一樣，眼神完全沒有笑意。她漂亮得怎麼看都不像有個讀高中的女兒，給人一種溫和的感覺。

……嗯，絕對不能違逆這個人。我的本能如此告訴我。

「萬萬沒想到女兒這輩子第一次早上回家，竟然不是跟夕，而是班上的男同學……前原同學的母親打電話來的時候，我真的嚇了一跳呢。」

「這個……真的很對不起。我本來打算叫醒她，但是我也累了，就這麼睡死……」

「哎呀，前原同學可沒有錯喔？錯的全～都是……我家這個待在男生房間裡絲毫沒有提防，呼呼大睡的女兒。對吧，海？」

「真是的，關於這點我昨天已經說過對不起了……在這種地方訓話，被別人聽見多不好意思啊。」

「這可不是昨天道過歉就可以得到原諒的問題。這次是因為真樹同學和真咲太太都是好人，所以才不要緊，如果不是這樣，妳打算怎麼辦？」

「這、這個……」

沒錯。正是因為這樣，伯母才會像這樣現在還在訓話。

說得實在太有道理，我和朝凪都無話可說。

先前之所以沒有門限，都是因為朝凪至今一直留意與朋友保持正常往來。正因為這樣，伯母才會這麼信任女兒。

這次的事件難保不會毀了這份信任。

昨天碰巧剛好媽媽提早回家，才得以平安了事。如果就這樣兩個人一起睡到早上，肯定已經把事情鬧大了。

這點確實不能因為沒出事就算了。

「欸，海，我可不是叫妳別出去玩喔？只是該做的事還是要做，不要讓人為妳操心。知道嗎？」

「嗯……對不起，媽媽。之後我一定會小心。」

「……我也會注意的。」

我和朝凪不約而同對伯母低頭道歉。

只有這次非得好好反省不可。我們都只是讀高中的小孩子，行動必須有所節制。

「很好。其實我還有很多話還沒說夠，不過這些就等進了家門之後再說吧……來，前原同學也請進。」

「好、好的。打擾了。」

我換上客用拖鞋，踏進朝凪家的客廳。

伯母似乎也還沒吃早餐，桌上擺放著吐司麵包、優格，以及各式各樣的水果。

「海，要吃早餐嗎？我姑且準備了前原同學的份。」

「我們在前原家吃過才回來的……我只吃水果吧。前原你呢？」

「那我也一樣。」

我在伯母的帶領下，於客廳的椅子就座。位置正好在伯母對面，朝凪坐在我旁邊。

「……咦，老哥呢？」

「陸忙到很晚，應該還在睡……我跟他說過會有客人，所以大概不會下來。」

「啊……也是，這也沒辦法。」

朝凪家是四人家庭，由雙親、朝凪，以及朝凪的哥哥陸組成。伯父今天似乎要上班。

我本來打算和她的哥哥打聲招呼，不過這就等下次有機會吧。

「啊，媽媽。今天的事，夕他們家……」

「這件事和天海家沒有關係，所以不用妳擔心，我也沒有聯絡他們。不過如果真咲太太的電話再晚個三十分鐘打來，說不定我已經聯絡他們了。」

從這個角度來看，似乎也是千鈞一髮。這讓我再次體認得好好感謝媽媽才行。

「欸，倒是前原同學，你和我們家的海是怎麼認識的？我問過海了，但是她只說『這又不關媽媽的事』，不肯跟我說。」

「等等，媽媽……！前、前原可以不用回答！」

「你看，就像這樣。難得女兒第一次帶男性朋友回家，我這個媽媽當然會想知道你們是怎麼認識的啊。」

「咦？第一次……嗎？」

天海同學多半常來拜訪，但是聽起來我是第一個來到家裡的男性朋友。

朝凪直到國中都是讀女校，這或許是理所當然，但是像這樣被鄭重地說是「第一次」，總覺得有點奇妙。

「對……這件事也無關，所以沒什麼好說的。來，前原也不用陪這個多嘴的阿姨說話，拿去，吃個桃子吧。很甜很好吃喔。」

「哎呀，妳這麼笨手笨腳竟然還幫別人剝，真是體貼呢。最近妳都不太帶朋友回家，媽媽本來還很擔心的，沒想到海也挺不容小覷的～」

「誰、誰要妳擔心了！真是的，媽媽是笨蛋！」

「前原同學，海以後也要請你多關照了。雖然她這個樣子，其實是個本性善良的好孩子。啊，如果不介意，下次要不要在我家過夜？那樣我可以看著你們，也比較放心……嗯，真是個好主意。」

「啊──啊──媽媽別再說了！前原，我批准你把我媽媽的嘴巴縫起來！」

「這、這也未免太……」

一大早就這麼熱鬧，不過我平常幾乎都是一個人吃飯，所以覺得這樣的氣氛也不壞。

之後我一直被想問出些什麼的伯母以及保密到家的朝凪夾在中間，雖然應付她們挺累的，卻也發現自己意外享受這種氣氛。

關於過夜這件事，包括訪問朝凪家在內並沒有什麼波折，平平安安結束了，但是從隔週開始，我和朝凪之間有了微妙的改變。

「早啊，海！」

「還是一樣今天都說第二次了，算了，早啊，夕。怎麼，妳是怎麼了？看妳今天這麼開心的樣子。」

「咦～？還能有什麼，妳明明知道～就是那個啊，那個。」

天海同學悄悄朝我眨了一下眼睛。今天是星期三——沒錯，就是我們事先說好招待天海同學來我家的日子。

由於是在事件的隔週，其實我希望能把計畫往後挪個一週左右，但是這種話當然沒辦法對天海同學說出口，結果還是按照原定計畫。

然後這件事我也被迫要向媽媽報告。由於有了朝凪那件事，媽媽要我答應找女孩子來家裡時，一定要跟她說。

當然了，以後就算是朝凪過來玩也一樣。

我把這件事告訴媽媽時的情形，直到現在都還記得非常清楚。

她真的整個人從椅子上摔下來。

「只、只有小海還不夠，連她的好朋友都……啊啊，我的兒子，我那個內向的兒子，不知不覺變得像是後宮主角……！」

我覺得對親生兒子說這種話未免太離譜了。我明明跟她解釋過，無論天海同學還是朝凪都只是同班同學，只是普通朋友，媽媽卻堅持要我把天海同學也介紹給她認識。

「咦？什麼什麼？阿夕，妳又要和朝凪去哪裡玩嗎？也揪我一起嘛。」

「雖然對新奈仔不好意思，這次真的對不起，今天我計劃跟海兩個人去玩。對吧？」

「差不多就是這樣。新奈，如果妳敢跟蹤，妳知道後果會怎麼樣吧？」

「啊，是。」

關於上次那件事，朝凪似乎狠狠教訓了新田同學，所以她才會這麼安分。

『（前原）　新田同學會不會亂來啊？』

『（朝凪）　不知道，不過中午我會持續施壓。』

『（前原）　了解。那麼放學後見。』

『（朝凪）　嗯，了解。啊，對了。先說一下，我也很期待前原親手做的點心。』

『（前原）　也不是什麼大不了的東西……』

『（朝凪）　怎麼？你是在挑釁家事力低落的我和夕嗎？』

『（前原）　啊，我都忘了。』

『（朝凪）　臭小子。』

一如往常偷偷聊了幾句之後，我看了朝凪一眼。之前的她會在不被大家發現的程度，對我做出偷偷揮手之類的反應。

「…………唔！」

但是從這週開始，就算我們四目相對，她多半也會撇開臉。偶爾在換教室之類的情形下靠近，她也一樣連頭都不點一下。

至於傳訊息時則一如往常，所以我想應該不是被討厭了。

放學之後我立刻回家，正在準備材料時，朝凪帶著天海同學來到我家。

「嘿嘿，今天要麻煩你了，真樹同學。」

「嗯、嗯，請多指教……還有朝凪同學也是。」

「啊，嗯。我今天是她的保母，所以可以不用招呼我。」

這是我和朝凪在人前的對話，但是我到現在還是很難判斷怎麼做才是對的。

尤其今天有天海同學這位來賓，更容易出現有些生硬的狀況吧。

明明很要好卻要裝作不熟的樣子，總覺得有點不舒服。

「真是的，海和真樹同學都太見外了。尤其是海，難得成為朋友，妳要像平常那樣多說一點。」

「咦，不，成為朋友的人是夕，嚴格來說我是朋友的朋友——」

「正因為是朋友的朋友，更要好好相處。來，你們兩個握手。這是要好的表示。」

「「……」」

握手程度的肌膚接觸之前也有過幾次，而且朝凪還摸過我的頭，然而——這種莫名的緊張感受是怎麼回事？

我和朝凪各自看著自己的手。

「好了，你們兩個，說聲請多指教。」

「……呃，既然我家公主這麼說了，那就——」

「說、說得也是。」

如此說道的我輕輕握住朝凪的右手。

她的手摸起來還是有如絲絹一般柔滑。聽說這是因為伯母熱衷於美容，朝凪也有樣學樣，結果自然而然就變成這樣。

我則是因為每天做家事，年紀輕輕皮膚就有點粗糙，才會被這個差異給嚇了一跳。

「……啊，我來做吧，妳們就坐著邊看電視邊等吧。」

「其實我真的很想幫忙，但是無論是我還是海都算不上戰力……唔，真沒辦法。」

「我也一樣。這個時候就依照前原同學的吩咐，乖乖等待吧。」

天海同學交給朝凪應付，我開始進行烹飪。

雖說是烹飪，也不是什麼大不了的事。如同前幾天和她們一起吃午餐時所說的，是「只用蛋和香蕉做的舒芙蕾鬆餅」。

做法並不難，先把蛋白和蛋黃分離，蛋白攪拌到起泡就成了蛋白霜。然後加進壓成糊狀的香蕉與蛋黃混合而成的配料，之後便只剩下用平底鍋煎。

當然像是混合蛋白霜和香蕉時不要攪拌過度，或是做麵糊時多少需要一些訣竅，但是只要多做幾次，自然而然就能掌握那種感覺。

「好，之後就等煎熟……咦？妳們在做什麼？」

正當我打算配合煎熟的時間準備咖啡，便發現她們兩個正在玩遊戲。

「啊，抱歉，我們借用一下遊戲機……啊，等等，海，突然出手太卑鄙了。」

「啊～互相殘殺時哪有什麼卑鄙不卑鄙的～在戰場上東張西望的人可是死第一個的～關於這點妳必須好好了解才行～」

看來她們玩我的遊戲玩得正起興。她們現在玩的就是我和朝凪平常玩的對戰遊戲。

而且朝凪明知天海同學是初學者，卻一點也不手下留情。

我在遊戲裡也是一直痛宰朝凪，所以沒資格說她，不過這樣真是幼稚。

「等等，海，妳也太會玩了吧？為什麼可以一直打中？」

「因為我最近借了老哥房間裡的遊戲來玩……好，這下是我贏了。來吧，點心似乎差不多做好了，我們趁熱吃吧。」

「海……？」

「哈哈……好、好吧，稍微先吃一下，吃完以後再打也可以。如果妳不介意，我可以教妳怎麼玩。」

「真的嗎？那就請多多指教了，師父！」

「師父……？我、我才要請妳多多指教……」

我本來以為天海同學對這種事沒有興趣，但是看到她玩遊戲時的表情，似乎也有可能玩上癮的徵兆。

既然吃過點心後要繼續玩遊戲——時間方面我當然會充分留意，但是也許應該先和媽媽報備一聲，說我們可能會玩久一點。

暫停遊戲，請她們趁著鬆餅剛出爐時品嘗。

平常我會做得更加隨意，但是由於要請天海同學與朝凪吃，我認為成品的水準是至今為止最棒的一次。剛煎好的模樣十分鬆軟，不枉我比平常更努力打發蛋白。

我把鬆餅分成三等分，請她們兩個先吃。

「好鬆軟……這是什麼，這麼鬆軟……不會太甜，很有在吃香蕉的感覺。海，這個太不妙吧？」

「……嗯，這個好吃。」

「這個的熱量比起使用普通材料製作的版本，只有三分之一左右，所以即使使用上滿滿的奶油和糖漿，也不太會有罪惡感……還可以追加，有需要嗎？」

「我要～！」

「……我也要。」

看來她們都挺中意。

天海同學露出幸福的笑容。朝凪則是口中唸唸有詞。

做東西給別人吃，可以得到差異這麼大的反應，以製作者的立場來看，覺得真不錯。

「真樹同學，這個……已經吃完了……欸嘿嘿～」

天海同學說得小心翼翼，她的鬆餅已經吃得乾乾淨淨。

「我準備了比平常更多的材料，所以還能再做，還要嗎？」

「可以嗎？那就拜託你了！」

「朝凪同學呢？」

「……我也要。」

朝凪的盤子當然也已經盤底朝天。

「知道了，妳們都要吧。」

「啊，真樹同學，機會難得，可以讓我在一旁觀摩嗎？我下次也想在家裡做。」

「夕，妳還是乖乖請伯母做吧？要是我們動手，會變成黑色圓盤的。」

「唔～只要好好教導就能學會。對吧，真樹同學也是這麼想吧？」

「是吧，只要多少計算一下時間，還有別錯過翻面時的訊號等等。」

「……那麼我也要觀摩。」

於是這次我就在天海同學與朝凪的包夾下製作。

「把麵糊倒進鋪有避免燒焦的料理紙的平底鍋後，首先蓋上蓋子，像這樣加熱五分鐘左右……然後觀察麵糊膨脹的情形來判斷吧。等麵糊不再像是生的，變得鬆鬆軟軟就是訊號，接下來就是煎熟另一半。」

「喔喔~真的耶，好簡單。」

「做法只要在網路上找食譜，就能找到各式各樣的版本，所以不懂的時候也可以參考那些。還有，基本上甜點只要按照食譜的分量和時間去做，就算多少有點焦，這個……」

「……怎麼？你如果想說什麼黑暗物質或是木炭的話，儘管開口啊？」

「不，我不是那個意……好痛！」

朝凪看準天海同學所在的位置看不見，於是用力捏了我的側腹。太痛的話會被天海同學發現，所以她似乎有手下留情。但是我說這些話並非是在嘲笑她，真希望她可以放過我。

我們三人把追加的份吃完之後，再度開始玩遊戲。

「嘿嘿，看著吧，海。我會在真樹同學的教導之下報一箭之仇。」

「哼，選這種重視外觀的角色和武器有什麼用？看我用自豪的重武裝，把妳那可愛的臉打飛。」

她們玩的是可以自由創造角色和選擇裝備的模式，天海同學完全是選可愛的角色和裝備。另一方面，朝凪選了注重攻擊，防守只是其次的類型。

由於遊戲經驗有差，又有不同角色帶來的能力值優劣等差距，所以想要彌補這些差距，就只能提升遊戲技巧。

「這個嘛……首先最基本的就是看到敵人也不要慌，不要胡亂發射，要好好瞄準。還有就是掌握高處與掩蔽物，隨時保持在對自己有利的地方戰鬥……其他還有很多技巧，不過就先從這幾點做起吧。」

「嗯。」

天海同學繼續和朝凪對戰，我則是在她身旁一點一點給予建議。

結果成果立刻顯現出來。

「忠於基本……好好瞄準……發射！」

「啊！」

「喔，太棒了，第一次從海手裡拿到一殺！」

在我給過建議之後玩了大約十分鐘，天海同學似乎就已經抓到訣竅，從先前打得她毫無還手餘地的朝凪手中，搶下第一場勝利。

朝凪也有在家練習，週末又跟我玩，技術應該有所進步。

但是先前天海同學展現的俐落操作，哪怕只有一瞬間，讓我覺得比我平常玩得更好。

她說從來沒有碰過這類遊戲，也許單純只是天生靈巧的才能。

「呵……剛、剛剛只是我有點大意了喔？才、才沒有拿出真本事。」

「嘿嘿～是嗎？那麼下次我要幹掉認真的海！」

之後我也不再提供建議，只是在一旁看著兩人對戰。

「這傢伙這麼會鑽……」

「來啊來啊，我在這裡喔小海。來抓我啊～！」

「這、這傢伙真的很……！」

好朋友之間的對戰比想像中還要激烈，她們玩了一小時左右，時間也差不多了。

兩人似乎都沒玩夠，但是實在不能延長太久，把時間拖得太晚。尤其是我幾天前才搞砸過一次，關於這點絕對要小心。

「唔，結果後來只贏了三次……總覺得不太甘心。」

「竟然贏得了玩得不少的我，這點就很驚人了。」

朝凪說得沒錯，這種考驗技術的遊戲，尤其是還不習慣的初學者很難取勝。

雖說有我提供建議，但是這輩子連握住遊戲控制器的次數都屈指可數的天海同學，光是能從朝凪手中搶下勝利便已經很厲害了。

「那麼我們走了，真樹同學。下次再一起玩吧。」

「啊啊，嗯。下次見。」

如果可以，我是希望僅此一次，但是照這個情形看來，我覺得還會有下一次。

「海，怎麼了？趕快走吧。」

「啊……抱歉，我有東西忘了拿。我馬上跟上，夕先走吧？」

「咦？如果忘了東西，我也幫忙找……」

「沒事沒事，我記得放在哪裡。妳看，妳連鞋都穿好了，走吧走吧。」
「是嗎?那就好……那我先走了。」
朝凪半推半就地把天海同學送出玄關。
「……辛苦妳了，朝凪。」
「前原也是。」
就是這樣，今天我首次和朝凪獨處。
「……真是敗給她了。什麼事都難不倒她。」
「妳是指遊戲嗎?我覺得她確實挺會玩的，但如果只是那個程度，真心想贏的話應該沒什麼——」
「是沒什麼大不了。雖然今天只輸了幾次，可是以後再玩個兩、三次，夕就會變得愈來愈厲害。不管是什麼，只要是她中意的事物就會迅速地不斷吸收，不知不覺間……」
「……朝凪?」
「……啊~抱歉，我有點像是在發牢騷。她就是這麼一個有如才能化身的女生，所以我偶爾也會有這種感覺。」
「啊啊……這點似乎能夠體會。」
這個世上存在著天海同學這種做什麼事都很快掌握要領的人。無論是學業還是運動，別人花了幾十小時才能得到的知識和技巧，這些人轉眼間就能學會。

學什麼都很快，又受到大家喜愛——天海同學就是個實現這種人生的女生，所以即使對朝凪而言是最喜歡的好朋友，如果一直待在她身邊，有時候多少也會感到嫉妒吧。

「那就這樣，如果你偶爾也能體會身為夕的好朋友的我有多辛苦，我會很開心的……那麼我走了，前原。今天我也玩得很開心。」

「嗯，不客氣。」

「拜拜。」

「嗯，拜拜。」

先前一直很開朗的朝凪……臨走之際感覺她的側臉有點寂寞，這會是我的錯覺嗎？

4. 兩個人的校慶

殘暑消退，開始覺得有點涼的十月中旬。

我最害怕的學校活動之一——校慶的準備工作即將開始。

「呃～大家也知道，學校會配合下個月的假日舉辦校慶，今天我打算選出校慶的執行委員。」

「咦～」教室裡怨聲四起。

享受慶典當然很有趣，但是校慶的準備工作麻煩至極。對於因為沒朋友，連校慶都沒有好好逛過的我來說更是如此。

「每一班都要選出男女各一名代表，參加以學生會為中心的會議……有沒有人要自告奮勇的……」

八木澤老師環顧教室，但是當然沒有人舉手。

「沒有呢……老師就覺得會這樣，所以已經準備好抽籤箱。男生從右邊的箱子，女生從左邊的箱子每個人抽一支籤，如果抽到『中獎』……就恭喜你，死心吧，請束手就擒。」

無論有沒有不滿，由於非得選出人選不可，這下子只能碰運氣了。

我們班有男生十八名、女生十七名，合計三十五名。也就是說，只要不抽到十八分之一的機率就好。

「那麼就從最旁邊的座位依序上來抽～啊，收到中獎的話，不要想蒙混過去，記得要確實申告。」

我的座位在最旁邊，因此抽籤的順序也來得很快。沒中的籤很多，這點非常有利。

說到抽籤，上次的自我介紹純粹是運氣不好，連續兩次抽到下下籤的機率可沒這麼——

『中獎♡』

……好過分。

「……老師。這個，我抽中了。」

「咦？啊，好好好。那麼男生的執行委員就決定是前原同學。」

就是這樣，我的名字早早便寫在黑板上。

男生，尤其是參加運動社團的同學紛紛鬆了一口氣。畢竟當上委員就得社團和校慶準備工作兩頭忙，這樣一想，我這種回家社比較適任，關於這點我也明白。

男生方面就決定拿我當成祭品，再來只剩女生。

「……不要中、不要中啊……！好，沒抽到……！」

女生這邊抽到第九人，中獎籤似乎還躺在箱子裡。

順道一提，天海同學已經抽過，沒抽中。朝凪似乎之後才抽。

然而班上女生們的表情似乎比剛才還要認真。

尤其是在我抽中之後，該說整個氣氛都不一樣嗎？

（雖然我在抽中的時候就能料到……）

如果是其他男生可能還好，但是在我抽中之時，表示搭檔是我這個邊緣人。會覺得尷尬也是理所當然，因為這麼一來就得領導大家＋應付我，需要雙重的顧慮。從這個角度來看，我是滿心對自己抽中這點感到抱歉……雖然早有覺悟，但是看到大家表現得這麼露骨，內心還是有點沮喪。

我個人是希望朝凪能夠犧牲一下，那就謝天謝地了……只是不知結果如何。

「那麼下一個是我……好的，沒中。老師，這是證據。」

「嗯。新田同學安全上壘。」

「對不起了，大家。可是只要跟我說，我會幫忙的。」

我還以為緊接在後的新田同學會擺出握拳之類的動作，但是沒想到她的反應挺冷淡的，甚至表示願意提供協助。

好吧，畢竟是待在一向積極參加學校活動的天海同學那個圈子，我瞬間心想原來也有這種事啊。

然而我馬上知道了她這麼做的理由。

「……老師，那個。」

「嗯？怎麼了嗎，天海同學？」

「是。我有幾句話想跟大家說。」

中獎籤遲遲不出，眼看快要輪到朝凪時，天海同學舉手站了起來。

眼前的她不是平時開朗的笑容，而是認真的側臉。

「——欸，大家討厭前原同學嗎？」

天海同學的發言讓教室頓時變得鴉雀無聲。

在她起身時我就覺得不太對勁，這句話更加驗證了我的想法。

平時總是在班上發光發熱的天海同學，現在對著班上同學抱持明確的怒氣。

「我從剛剛一直看到現在，從確定是前原同學以後，雖然我不說是誰，但是大家都明顯為沒抽到感到開心，或是祈禱自己不要抽到……大家為什麼這麼避著他？為什麼這麼抗拒？前原同學明明什麼都沒做。不是嗎？為什麼？」

班上也有人認為什麼都沒做＝來歷不明的人，從這個角度來看，多半也有人盡可能避免與我交流。所以如果站在相反的立場來看，我雖然感到沮喪，但是並非不懂他們的心情。

然而雖然時間不長，但是天海同學和我有交情，算得上是朋友。
朋友受到不合理的蔑視，任誰都會覺得不舒服。
正因為如此，天海同學才會生氣。
新田同學等幾名時常與天海同學來往的人，稍微觀察到她的神色，所以才會表現出比較冷淡的反應。
對於這種察言觀色的行為，我並不會加以輕蔑。雖然會覺得狡猾。
「老師，我雖然沒抽到籤，但是我可以自告奮勇嗎？我想和前原同學一起當。」
「咦？這、這個嘛……一開始我就徵求自願者，所以讓想當的人當是最好的，不過……前原同學，這樣可以嗎？」
這個時候我當然不會說不要。
「只要天海同學願意，我沒意見……」
雖然兩人獨處讓我有點緊張，但是應該不至於無法做事吧。
「那麼既然有人自願，就確定是前原同學和天海同學——」
「啊，老師。我抽中了。」
——就在這個節骨眼，朝凪抽中剩下的中獎籤，揉成一團拿給老師看。
「咦？可是朝凪同學——」
「抽到籤的人來當——規矩是這樣沒錯吧？反正我閒著沒事，我來當吧。」

「海……可是我已經說我要當——好痛！」

朝凪賞了她一記手刀並且說道：

「夕，妳先冷靜一點。前原同學受到不當的對待導致妳感情用事，這點我懂。可是剛剛的夕有點太過火了……妳仔細看看。」

我也認為朝凪說得沒錯。

惹得天海同學生氣，也就意味著會被以天海同學為首的這群人敬而遠之。天海同學想必不是考慮過這些才開口，但是像剛才那樣懂得察言觀色的人們，就是會認為避免和惹火她的人來往比較「保險」。

然後這種氣氛會不斷蔓延，漸漸造成孤立。

證據就是覺得自己受到天海同學責備的那些女生，臉色都很蒼白。

聽到朝凪說的話，天海同學似乎總算察覺這樣不對。

「啊……對、對不起，海。我——」

「我說妳啊，道歉的對象不是我，而是大家吧？來，現在還來得及。」

「嗚……大家對不起，我說了奇怪的話。前原同學也是，對不起害你嚇了一跳。」

「不，我沒放在心上。」

我幫垂頭喪氣的天海同學打圓場，並和朝凪互相使個眼色，相視點頭。

「那就依照抽籤結果，執行委員就確定是我，朝凪海和前原真樹。所以還請大家多多幫忙——啊，還有新奈。」

「嗯……有、有什麼事嗎？」

「雖然不用參加開會，但是妳也要幫忙。既然是妳自己說的，我可不允許妳後來才說還是不要好了。」

「唔……好、好啦。」

我覺得朝凪在這種地方真的很精明。挺值得尊敬的。

放學前的班會結束，全體解散之後。

過了一會兒，班上同學都離開之後，我對同樣身為執行委員而留下的朝凪開口：

「朝凪。」

「什麼事？」

「朝凪果然很厲害啊。」

「對吧？可以多誇獎我一點喔？嗯？」

「妳很得意忘形耶……不過這次確實不得不承認。」

巧妙平息天海同學的怒氣，甚至完美安撫了受到影響的同班同學。

和慌得束手無策的我相比，簡直是天壤之別。

「是嗎？謝謝。可是我沒什麼大不了的。我就只是維護了檯面上的氣氛……真正厲害的還是夕。」

「……朝凪？」

「我才不厲害呢。很普通。我才不是那塊料。」

彷彿是在自嘲的朝凪繼續說下去：

「能夠像那樣不管氣氛會不會變差，這麼純粹地為了一個人而生氣……夕對大家生氣的時候，前原也很感動吧？對於把當下氣氛放在第一順位的我，根本做不到那種事。」

「不，我也沒有特別——」

「我們也回家吧。大概從下週開始就會變忙，現在得先做好心理準備才行。」

「啊、啊啊，嗯……」

之後我們雖然一起走到途中，但是始終只聊了遊戲、漫畫等無關緊要的話題，到頭來還是沒能問得更加深入。

朝凪的模樣果然不太對勁。

儘管在決定委員時嚇得冒出一身冷汗，但是多虧朝凪的安撫讓氣氛回穩，班上也開始為校慶一步步努力準備。

開會的結果，我們班決定舉辦展覽。

班上當然也有人提出校慶必定會有的攤位，像是鬼屋或女僕咖啡館等意見，甚至一度決定要開女僕咖啡館，但是由於也有很多其他班級提出同樣的要求，內容太過重複實在不妥，於是被迫變更。

知道變更為展覽之後，班上同學——尤其是男生們大失所望。畢竟我們班上有天海同學、朝凪與新田同學等多位外貌出眾的女生，相信他們一定都很期待這些女生穿著與平常不同的服裝（根本就是角色扮演……）的模樣吧。

「喂喂，那邊那些色鬼，不要垂頭喪氣，提點意見說說看要展出什麼。如果你們能提供積極正面的意見，當天要有角色扮演也不是不能考慮，就由夕和新奈來扮。」

「咦～！只有我和新奈仔？海呢～？」

「我是幕後人員。身為製作人，我有義務利用妳們兩個拿下人氣投票第一名。對吧，前原同學？」

「拜託不要丟給我……」

我們高中的校慶會舉辦投票，請來賓選出覺得最好的攤位，入選前三名會得到學校的表揚。雖然即使得獎了，頂多只會拿到鋼珠筆之類的紀念品，我個人認為沒有必要那麼拚命。

眼前姑且不論角色扮演的事，首先要決定展出的內容。

「——好的。那麼關於展覽，就決定是前原同學提出的『用空罐做馬賽克拼圖』。」

雖然有人提出參考某電視節目的裝置，或是利用整間教室來擺骨牌等各式各樣的意見，但是經過所需預算相對較少，以及是否上鏡頭等綜合考量，於是雖然老套，還是決定採用我提的空罐馬賽克拼圖。

儘管要拼出什麼樣的圖，設計圖都還沒畫，但是這類資料只要請媽媽幫忙，應該拿得到很多可供參考的東西。至於紙箱和空罐，只要請附近的超市或餐廳幫忙就行。

接下來決定設計圖由我和朝凪兩個人繪製，班上同學們根據我們的指示進行之後，本日的討論就此告一段落。

「好、好累啊……」

該做的事全都做完，感覺精疲力盡的我趴在桌上。

既然已經抽籤決定，那麼便非做不可，但是真沒想到只是站在人前就會這麼累。會議都是交由朝凪主持，我幾乎只是從旁支援，但是長年邊緣人的經驗對於耐力的損耗，果然比想像中來得嚴重。

「喲，辛苦了。」

「辛苦了……」

「真是的，才第一次討論就累成這樣？這下子等到校慶結束，頭髮會變得全白喔？」

「怎麼可能……雖然很想這麼說，但是心情上也許真是這樣吧。」

這次的馬賽克拼圖雖然不太花錢，相對的作業量多半會相當大。

我們打算安排行程時要盡可能讓作業順利進行，但是根據以往的經驗，這種事情大多會有所延遲，到了前一天還在熬夜趕工也是常有的事。

在完全沒有經驗的狀態下，突然被託付要在校慶當中領導全班的重任，校慶之後肯定會燃燒殆盡。

「所以，我很慶幸這次的搭檔是朝凪。如果換作是天海同學，又或者是新田同學，我絕對做不下去。」

多虧朝凪擔任女生方面的執行委員，無論天海同學還是新田同學，都是打從一開始就很積極配合。因此目前勉強還做得下去。

「對吧。這都要感謝我那驚人的籤運……我很想這麼說，不過……來，這是給前原同學的禮物。」

「嗯？」

朝凪交給我一張揉成一團的白紙。

「這是什麼？」

「……我之前抽的籤。」

也就是在抽籤決定委員時，朝凪握起來的那張籤。

「咦！可是如果這是朝凪抽到的籤——」

就會產生一個矛盾。

「朝凪，妳該不會——」

朝凪露出尷尬的表情。

「嗯，就是這麼回事……對不起，前原。我其實抽到空白籤。」

「咦？可是……當時老師也……」

「老師當然也發現了，是我強硬地如此堅持。」

由於先前的氣氛很差，老師多半也想要息事寧人吧。

朝凪就是利用這一點。

「真沒想到妳在那種氣氛下，可以做出這樣的事……我每次都覺得朝凪真的很有膽識。好厲害啊，真的。」

「……前原不生氣嗎？再怎麼說我都作弊了。」

「如果是買樂透就算了，但是這次可是大家都公認的下下籤喔。既然這樣，無論任何人都不會有意見啦。」

對班上大部分的女生而言，抽到中獎籤＝事情很多很辛苦的執行委員工作＋搭檔是我，既然有朝凪扛下這個工作，相信她們都鬆了一口氣吧。

如果是這樣的作弊，那麼我也不會責怪她。而且我反倒是感到過意不去，覺得又讓朝凪為我費心了。

「所以，我要對朝凪說的話沒有改變……我很慶幸是朝凪抽中了。只有這樣。」

嚴格說來朝凪沒抽到，但是這張空白籤對我而言是「中獎」——我覺得這樣就好。

朝凪袒護我的方式和天海同學完全不同。我並不討厭這種做法。

「……這樣啊。」
「嗯，沒錯。」
「這樣啊……嗯，說得也是。謝啦，前原。多虧你這麼說，我覺得輕鬆點了。」
「是嗎？那就好。」
「嗯。嘿嘿。」
如此說道的朝凪似乎放下心來，嘴角上揚。
總覺得朝凪的這種表情好可愛，讓我撇開視線掩飾害臊。
我認為朝凪只要多把這一面展現給大家看，大家就會更能感受她的魅力……只是我實在太難為情，說不出口。
「……啊，可是這次幸虧還有中獎籤，如果已經被別人抽走，妳打算怎麼做？」
「那種狀況多半會事後變更，所以我打算到時候要自告奮勇。畢竟前原在班上有點像是劇毒物質，其他女生肯定承受不了吧。」
「我是毒氣嗎……也是啦，我確實有過前科。」
畢竟我是沒頭沒腦對天海同學的圈子說出「我絕對不要跟你們一起混」這種話的人。
不知何時會做出什麼樣的舉動——對於這樣的我，能夠好好應付的人，目前也只有「朋友」朝凪。
「好吧，話就先說到這裡。沒什麼時間了，我們趕快決定題材吧。說到這個，朝凪有什麼想做的嗎？」

「也不是沒有……前原呢？」

「……我也有。」

最近我們老是在看同樣的東西，答案多半相同吧。

「那就數到三一起說出來？」

「是可以啦。」

「「……一、二、三──」」

於是我和朝凪兩個人的校慶就此開始。

關於題材，就決定是目前播出動畫大受歡迎的黑暗英雄類型少年漫畫的主角，於是立刻進行到設計圖的階段。

「首先是要用哪張畫……朝凪，怎麼辦？」

「果然還是漫畫第一集的封面吧。不是有刀、血，還有內臟噴一地嗎？而且那就是最好推的畫面。」

「這樣一來，配色就是以紅黑為主吧……好吧，這麼一來最主要的就是我們常喝的可樂空罐，收集起來大概也不會太難吧。」

雖然要視作品尺寸而定，但是如果要做出壯觀的作品，那麼至少需要幾百個空罐。因此，主要會用到的顏色要從現在開始收集。

「我會照官方插畫來描，這部分大概沒問題……為了以防萬一，可能還是先問過會比較好。欸，真咲伯母怎麼說？」

「依照媽媽的說法，就是『我平常工作就忙得要死，找我諮詢我也很傷腦筋，而且既然是高中生的展示品，就算擅自使用多半也不會被罵，儘管去做吧』。」

「這個回答好有真咲伯母的風格。可是還是姑且發個郵件問一下吧？」

「也是。」

雖然也可以採取粉絲創作的形式，包括構圖等等都由我們自己構思，但是遺憾的是無論我還是朝凪，都沒有繪畫的才能。雖然也可以使用原創的圖，但是這樣會導致震撼力不足。既然要做就要以前幾名為目標，關於這點班上同學也一致贊同，所以版權角色在一般大眾的認知度這點會比較有利。

「那麼之後就是選比較好的畫，然後描出設計圖——」

——喔喔，原來如此。事情我都聽說了，兩位！

「「嗯？」」

我們談得正順利時，聽見一名少女的說話聲響徹四周。

她似乎躲在門後不現身，但是這個可愛的嗓音已經出賣了主人。

「天海同學？」

「夕，妳在做什麼？」

「呵呵，海和真樹同學果然有一套……這樣才夠格當我的朋……嘿咕！」

天海同學跑向我們，額頭卻被朝凪彈了一下。

「好、好痛喔，海～」

「妳的工作呢？夕，我應該指派妳和新奈一起指揮空罐收集部隊吧？」

「我起初也是這麼打算，可是……海也知道，妳和真樹同學這麼辛苦，我心想不知能否幫上忙～啊，我當然有取得同意。」

要準備展覽以及出席會議等等，讓我們今天從早上就挺忙的，所以天海同學似乎也想來幫我們。

「天海同學，謝謝妳的擔心。可是我們已經決定方向，所以不是那麼需要人手。」

「妳的好意我心領了，這裡還是交給我們兩個，妳回到大家那邊吧。」

「唔……真樹同學。」

「……天海同學，妳一直盯著我看也沒用。」

我個人認為天海同學在場也沒問題，不過要是太寵她，身為監護人的朝凪會生氣，所以這個時候還是要強硬一點。

「好好好，知道了啦～真是的，你們兩個都好小氣……啊，這本漫畫該不會就是這次的題材吧？」

「嗯，這是參考資料。」

「喔～感覺好特別的漫畫。可是角色有夠帥氣。」

天海同學拿起單行本，慢慢地翻了起來。

由於都是劇烈打鬥與血腥場面，原本覺得天海同學這樣的女生應該不會有所共鳴。

「……欸，這個圖可以交給我來畫嗎？」

「咦？」

天海同學大致看過一遍之後，這麼說道。

「天海同學，妳會畫畫嗎？朝凪同學，妳知道嗎？」

「不……夕，妳之前從來沒做過這種事吧？」

「嗯，可是我在和海當朋友之前，曾經一個人畫畫……而且，看了漫畫之後，我覺得『可能畫得出來』。」

聽起來很久沒畫了，這下沒問題嗎？

「真樹同學，可以借一下紙筆嗎？」

「咦？這是無所謂。」

天海同學從我手中接過鋼珠筆和活頁紙，不看參考資料便行雲流水地畫了起來。

「嗯～拿著刀或鋸子之類的武器橫掃一圈，然後一群殭屍發出慘叫，血噴得到處都是，在這樣的場景中央擺出帥氣的姿勢……」

天海同學一邊口中唸唸有詞，一邊畫個不停。

「夕，妳——」

「抱歉，海。再十分鐘就好。」

天海同學似乎十分專注在畫畫上，和先前判若兩人，散發出一股認真的氛圍。用打開開關來形容不知貼不貼切。

「——嗯，畫好了。怎麼樣？我是依照剛才的漫畫，搭配我自己的想像隨手畫的。」

「唔！這……」

看到她遞過來的圖，我和朝凪大為震驚。

無從挑剔。明明不是完全照著畫，卻連角色的細節都能牢牢掌握，完美地重現了這套漫畫特色所在的血腥與充滿魄力的場面。

而且還是只用一支鋼珠筆。

「天海同學，妳該不會是職業插畫家吧……」

「怎麼可能～不過以這麼久沒畫來說，我對這個水準還挺滿意的～」

天海同學「欸嘿！」一聲挺起胸膛，這是很久沒畫的水準嗎？

「朝凪同學，我看還是請她幫忙比較好吧……」

「…………」

「朝凪同學……？」

「咦！啊，嗯、嗯。就是啊。既然畫得這麼好，畫畫的部分就交給夕……話說乾脆把這張圖上色不就好了？」

我也是這麼想。看來配色會有點複雜，但是震撼力方面無可挑剔。

「真的嗎？那麼這下子我也能幫上你們的忙了吧？」

豈止是幫得上忙，天海同學甚至一躍登上了主角的寶座。

不但有天使的臉孔，還這麼有藝術天分，這個規格再怎麼說也太高了吧。

「就這麼決定，接下來設計改成我們三個人一起進行吧。需要的空罐數量由我來計算，請天海同學專心畫畫，這樣可以嗎？」

「嗯，了解。海、真樹同學，接下來要請你們多多指教了！那麼我馬上回家上色。海，我想要妳幫忙檢查畫得行不行，可以嗎？」

「嗯。妳上色完一張我就駁回一張就行了吧？」

「海是魔鬼～可是，這是我上高中的第一次校慶，我會努力的！」

「哼～很好啊。那麼課業方面呢？」

「……呃～」

「這傢伙。」

「好痛！嗚嗚，真樹同學，救命啊，海欺負我～！」

「不要一遇到麻煩就去找前原同學……今天就先這樣。辛苦了，前原同學。」

「辛苦了，真樹同學。明天見。」

天海同學與朝凪同學一如往常打打鬧鬧著離開教室。

天海同學發揮我們意料之外的罕見才能，這下校慶的準備工作多半能夠順利進行。

可是我還是很在意一件事。

於是我立刻發送訊息。

『（前原）　朝凪。』

『（朝凪）　怎麼？有事嗎？』

『（前原）　沒有，沒事。只是，覺得妳好像不太有精神。』

『（朝凪）　啊啊……我是在想夕還挺會畫的。』

『（朝凪）　連我這個好朋友也有很多不知道的事。只是有點想到這件事。』

『（朝凪）　所以前原用不著擔心。』

『（朝凪）　我沒事。』

『（前原）　是嗎？』

『（朝凪）　嗯。』

『（前原）　真的？』

『（朝凪） 真的啦。』

『（前原） 那就好。』

既然朝凪這麼說了，我也只能相信。

「……既然如此，為什麼妳的表情會顯得這麼難受呢。」

我想起被天海同學拉著手回家的朝凪那張苦澀的側臉，不禁喃喃自語。

即使到了隔天，天海同學依舊大肆活躍。

「咦？真的假的？這是阿夕畫的？會不會太厲害了？」

「欸嘿嘿，會嗎？一想到這是校慶，我也得努力才行～結果就趁著這股氣勢，廢寢忘食地一下子畫完了。」

天海同學露出靦腆的笑容，把根據昨天的草稿迅速完工的插畫拿給大家看。

朝凪發過檔案給我檢查，正如同班上同學的讚美，上色的成品當然也很厲害。

之後將會根據這幅畫轉換成馬賽克拼圖的圖稿，進行微調之後，然後製作交給班上同學和執行委員會的資料。

「太好了，海！不枉我們兩個人努力熬夜趕工。」

「真的。我好歹也是班上的負責人，所以才奉陪。要不然我早占領夕的床睡覺了。」

她若無其事地在天海同學家過夜，但是當然沒有任何人對此表示責難。既然雙方是交情很好的同性友人，大家都會是這種反應。

那麼為什麼一變成異性，就會弄得驚天動地呢？

害我不禁想到那天早上回家的朝凪……先不說這個，現在最重要的是關於我的工作。

幸運的是今天是週末的週五。雖然不太喜歡把學校的工作帶回家，但是只要在這個六日完工，到了下週就能順利開工。

（今天朝凪總不會過來了吧。）

就今天而言，朝凪或許是受到熬夜影響，一臉很睏的樣子，而且我也不想讓她太過勉強自己。如果校慶將近就算了，但是距離期限還很遙遠。如果從現在開始就太過拚命，就算朝凪體力再好也撐不到當天吧。

『（前原）　辛苦了。』

『（朝凪）　嗯，多誇誇我。』

『（前原）　好厲害好棒棒。』

『（朝凪）　喂～語彙力。』

『（前原）　開玩笑的。幫忙天海同學很辛苦吧？』

『（朝凪）　你很懂嘛。』

『（前原）　畢竟昨天看她秀了一手那麼厲害的畫技啊。』

『（前原）　總之今天就別硬撐了，回家睡覺吧。』

『（朝凪）就這麼做。昨天實在有點太拚了。』

『（前原）嗯。微調檔案之類的東西，我會在週日用郵件傳給妳。』

『（朝凪）嗯。我會跟夕也說一聲。』

雖然睡眠不足一臉疲憊，但是發訊息的感覺倒是和平常一樣，也沒有昨天那種不對勁的模樣。

「啊！真樹同學。校慶的準備一起加油吧！」

「……嗯、嗯。也對。」

抬起頭來的瞬間，天海同學碰巧和我對上視線，於是活力充沛地朝我揮揮手。

陪她熬夜的朝凪已經累癱，但是負責畫畫的當事人卻是一如往常情緒高昂……不光只是才能，就連體力也是無窮無盡……她真的和我跟朝凪一樣是人類嗎？

於是放學後我立刻回家開始動工。

然而在這之前要先填飽肚子。

『——您好，這裡是披薩火箭～』

「您好，我是前原。」

『啊，您好～要點老樣子嗎～？』

這次我點老樣子的披薩、薯條、雞塊的套餐，飲料改為能量飲料。雖然並非換了飲料就會有精神，但是這種事就是講求感覺。

我在電腦桌前面坐下，打算在餐點送來之前多少做一點。

「……好久沒這樣了。」

我忽然發現一件事。

昏暗安靜的室內。

在迴盪著桌上型電腦風扇聲的家裡，我不經意地喃喃自語。

仔細一想，這才是我平時的作風。獨自一人在昏暗的房間裡，一邊用可樂搭配垃圾食物下肚，一邊玩遊戲。玩膩了就看漫畫，或是用電視看電影，或是在網路上看些影片。

為什麼我會覺得「好久沒這樣」了？

理由當然是來自於名叫朝凪海的女生。

即使朝凪來了，做的事也沒什麼兩樣，但是只要有她在，昏暗的房間就會變得明亮，鬱悶的空氣也變得清爽，還會充滿甜香。

和朝凪成為朋友，分明還不到兩個月。

「我……感覺寂寞嗎？」

就是覺得少了些什麼。

明明對朝凪說今天一個人就好，明明覺得這樣比較清靜很好。

但是現在的我對於這種身旁沒有其他人的狀況感到寂寞。

在格外昏暗的客廳裡獨自一人。

「……啊啊，真是的。」

我再也承受不了鬱悶的氣氛，有點自暴自棄地拿起了手機。

久違的主動打電話，當然是打給朝凪。

鈴聲響著的當下，我感覺到心臟跳得愈來愈快。莫名地會緊張。

『……什麼事？怎麼啦？』

「啊，抱歉，朝凪……妳睡了嗎？」

『嗯，小睡了一下，接下來要吃晚飯。不過還沒洗澡，而且再怎麼說也還沒要睡啦。又不是老爺爺。』

「這麼說也對，我想也是啊。」

『那有什麼事？這種時候你平常都是發訊息，今天卻打電話來，還挺稀奇的嘛。該不會是出了什麼麻煩？』

「不，沒這種事，不過……啊啊，可是這件事也是有一點吧……我也會覺得，擅自調整好像不太對。」

不是這樣。我就只是有點想聽朝凪的聲音。

最近身旁總是有朝凪在，讓我忽然間變得有點寂寞。所以——

這種話實在太難為情，我絕對說不出口。

『……嗯，所以？』

「所以，這個……雖然覺得妳應該想睡，這麼說是很不好意思。」

我為什麼會這麼緊張呢？

明明只是主動找朋友說聲「來我家玩吧」。

「我還是……當然前提是妳方便的話。」

『……嗯。』

「要不要來我家進行設計圖的作業，順便一邊吃飯，一邊玩……之類的？」

發訊息的時候明明不會這樣，但是隔著電話就會覺得尷尬。話說得這麼拐彎抹角，感覺想要表達的事連一半都沒能傳達出去。

『……原來如此。也就是說前原見不到我，感覺很寂寞。』

「不，我也不是……這個意思。」

『不行不行，你這麼說也沒用，太明顯了。來，乾脆說出口吧？說前原真樹沒有朝凪海陪著，寂寞得要死掉了～』

「才、才不是……」

『呵呵。前原好可愛，像兔子一樣。』

「兔子寂寞會死掉只是迷信。」

『我知道。可是前原不是打電話給我了嗎？』

「唔……」

『來吧來吧～把一切都招了吧，會很舒坦喔？』

「唔……啊啊，算了，果然不該打電話給妳的。虧我還在擔心，妳今天一個人會不會很寂寞。」

『哼～？喔～？』

雖然是因為自己打電話的關係，但是我完全被她玩弄於股掌之中。一時鬼迷心竅，讓我犯下這麼嚴重的錯誤。

我的臉，還有臉頰都好燙。好難為情。只要一下子就好，時間啊，為我倒流吧。

「啊啊，夠了……我還是一個人做就好。就這樣。」

『咦？真的好嗎？如果你拜託我，我也不是不能考慮喔～』

「不用了！」

『呵呵，太遺憾了～』

我這是口是心非。完全被當成玩具了。好遜。

「還有，這通電話……妳不用忘記，但是希望至少能幫我保密。」

『好啊。相對的，我可以對前原提出一個要求嗎？』

「只要在我能力範圍之內……什麼事？」

朝凪頓了一下，接著才開口：

『……我還是要去你家玩，可以嗎？因為我也有點寂寞。』

剛才那樣捉弄我，竟然說出這種話。

我每次都覺得自己實在贏不了朝凪。

「……這、這是無所謂。」

『嘿嘿，謝啦。那麼我馬上過去……啊，吃飯當然是你請客。別忘了加點。』

朝凪說完便立刻掛斷電話。

結果又變回平時的週末，只是為什麼我會比平常更加心浮氣躁，靜不下來呢？

過不了多久，朝凪穿著平常那副休閒的牛仔褲裝過來了。只是話說回來，我和朝凪一起玩的時候，她幾乎都是穿制服，所以這個時候看到她穿便服也很新鮮。

「喲。」

「喲，歡迎。餐點我已經加點了，點平常那種就可以了吧？」

「嗯，謝啦。啊，剛才真咲伯母打電話過來。她說如果兒子做出什麼奇怪的事，要我儘管踹沒關係。」

「要踹哪裡啊。她也真是的……」

這次我不打算重蹈覆轍，所以這方面想必不會有問題。

由於我是在她想睡的時候找她來，搞不好朝凪也許會睡著，但是等時間到了，我會好好叫醒她。

……當然了，我絕對不做奇怪的事。

「欸，前原。」

「嗯？什麼事？」

「我只是叫一下～」

「什麼跟什麼。」

「呵呵。」

自從我打開門之後，朝凪就一直看著我露出賊笑。雖然她沒做什麼，但是顯然是在取笑我剛才打的那通電話。照這樣看來，她還會拿這個當成話題講上好一陣子。

我的臉頰還有點發燙。

「～♪」

朝凪不理會我的內心糾結，一邊開心哼歌一邊準備自己的餐具與杯子。

明明不是做什麼特別的事，但是她今天顯得好開心。

「就麼先把工作趕快完成吧。馬賽克畫已經好了嗎？」

「嗯。只不過細部調整顏色之類的還沒。」

我們從客廳搬來椅子，兩個人並肩開工。

「前原，不好意思了。」

「嗯，喔、喔喔……」

由於作業空間狹小，我和朝凪的身體靠在一起。這樣一來朝凪的臉勢必變得非常近，但是這次並不只這樣。

「……我說朝凪。」

「嗯～？」

「會靠在一起確實是沒辦法，但是妳的手，這個，為什麼勾著我的手臂？」

「咦？你想太多了吧？」

「怎麼可能。妳好好看看自己的手。」

「好好好。真是的，難得我特別給你一點服務耶，真樹同學真是害羞～」

「這種的就免了。」

「是嗎？真是可惜。不過剛才抱住的服務費是三千圓。」

「妳是土匪嗎？」

她愛捉弄我這點雖然沒有辦法，不過總覺得今天的朝凪有更多肢體接觸。

這讓我有點亂了套，不過我還是輕輕揮開她的手，繼續作業。

「前原，這裡要選紅色還是黑色？」

「嗯～紅色會太亮，黑色又有點……折衷一下，選個胭脂色、暗紫色之類的顏色說不定挺不錯的。」

「那就得找這種顏色的空罐了吧。Dr Pepper之類的或許挺接近?可是記得附近好像沒什麼店有賣。還是巧立名目敲班導……請老師幫忙買需要的量?」

「也對。就敲她竹槓吧。」

「喂,虧我貼心地換個說法。」

「開玩笑的。不過就算不請老師幫忙,也不是沒辦法,所以像是請老師慰勞大家或是自費購買之類的是最終手段。」

「有辦法嗎?」

——叮咚。這時家裡的門鈴響了。

「您好~披薩火箭——」

「啊啊!莫非——」

「就是這麼回事……不好意思,除了點餐以外,我還有些事情想問一下。」

交涉的結果,我請店家提供幾十罐店內的空罐。

常去的披薩店,飲料種類比其他店豐富許多,所以我認為其中一定也會包含我們所需顏色的空罐,幸好我的預測正確。

「那麼這下就解決了材料的問題。啊,這個雞塊我要了——」

「還有就是其他用品的採買……那我就拿走妳的薯餅作為報復。」

「啊!喂,媽媽沒教你不可以拿別人的東西嗎?」

「媽媽教我被欺負就要還以顏色。」

我和朝凪一邊搶食對方的附餐，一邊一如往常享受垃圾食物。我當然有自覺這樣很沒有規矩，但是只有我們兩個人的時候，差不多都是這樣。

這樣吃感覺特別好吃。

「謝謝招待～好啦，肚子也填飽了。」

「要繼續動工嗎？」

「玩遊戲吧。」

「竟然。不過確實要玩啦。」

雖然還有工作沒有做完，不過再來就不是只有我們的問題。

不管怎麼說，我很慶幸有找朝凪過來。足以抵銷那通讓我很難為情的電話。

「……好啊，有破綻！」

「唔！糟……」

我原本打算像平常那樣痛宰她，但是一個大意被朝凪拿下勝利。

「好耶～！成功了成功了！總算從認真模式的前原手裡拿下一勝～！」

「噫，我太不小心了……」

我大意之下一個馬虎，完全上了朝凪的當，就這麼被打成蜂窩。

「朝凪，再來一場！」

「喔？哼哼，也好。我接受你的挑戰。」

「少得寸進尺……下一場我會贏給妳看。」

「嘿嘿，下場我也會迎頭痛擊，拿到第一次二連勝。」

之後當然由我給她迎頭痛擊，總算保住了面子，不過她的技術跟上次和天海同學一起玩的時候相比，顯得更加進步了。

相信在那之後她也有一直腳踏實地練習吧。

即使沒有天海同學那種突如其來的靈光一閃，但是面對什麼事都腳踏實地，一點一滴提升自己。我認為這就是朝凪海這個女生的作風。

無論遊戲、課業，還是其他事情，想必都是如此。

「好啦，姑且還有一些時間，要怎麼辦？玩其他遊戲，還是久違地看個電影？」

「啊～嗯……這個嘛……嗯嗯……」

「嗯？朝凪？」

不知不覺間，朝凪手拿著控制器靠在我的肩上，看樣子昏昏欲睡。

她的專注力似乎是在對戰尾聲耗盡，看來已經撐不下去。

「朝凪，妳睏了嗎？」

「啊，嗯……實在是有點沒電了……呼啊啊。」

「那就別硬撐了，去睡吧。今天我一定會叫醒妳。」

「嗯，那去你的房間拿毯子過來。」

「還要指定啊。雖然是沒關係。」

我拿起床上的毯子，幫躺在沙發上的朝凪蓋好。

「嘿嘿……嗯，這個果然好暖，好舒服。」

她用毯子裹住自己，只露出一張臉，模樣簡直像隻蓑蛾。這件毯子是我已經用了好多年的便宜貨，不過既然她感到中意，那也沒什麼不好吧。

「那麼三十分鐘後我會叫醒妳，我再去趕一下進度……」

「前原，等等。」

我正準備從沙發站起身，想趁她睡覺時把工作做完時，被朝凪拉住衣角。

她的睡意應該已經接近極限，還是牢牢抓住不放。

「怎麼了？」

「前原，那個啊。」

「嗯。」

「可以牽著手嗎？」

「咦？」

心臟猛地噗通一跳。

「為、為什麼？」

「不為什麼。雖然我也不知道，就是想這麼做……不行嗎？」

「不會……」

既然被朝凪這樣請求，我也沒辦法拒絕。

「我沒關係。」

「欸嘿嘿。」

朝凪就像之前某次那樣靦腆起來，溫柔握緊我的手。

手上慢慢傳來她的溫暖。

「謝謝。前原果然很體貼。」

「三千圓。」

「喂——」

「我只是回敬妳一下。」

「唔，前原果然是個討厭的傢伙。」

我們嘴巴雖然這麼說，握手的力道卻愈來愈強。

我們為什麼會做這種事呢？因為自己一個人很寂寞嗎？因為想念別人的溫暖嗎？連我自己也搞不太懂為什麼自己會做這種事。

明明朋友之間，應該不會做這樣的事。

即使如此，看著朝凪心情就會變得溫柔，自然而然就做出這樣的舉動。

「欸，前原。」

「……什麼事？」

「我啊，大概——」

——叮咚。

朝凪正要開口說些什麼，門鈴再度告知有訪客上門。

「……前原，你好像有客人。」

「嗯。可是這麼晚會是誰……應該不是送貨員。」

住在大樓裡偶爾會有人按錯門鈴，也有可能是推銷員，或者只是單純的可疑人物，所以如果是陌生人，我就會置之不理。然而——

『——晚安，真樹同學。對不起，這麼晚來拜訪。』

「啊……」

看到螢幕映出的身影，我瞬間腦袋一片空白。

為什麼，現在這個時間點，她會來我家呢？

「天海，同學……？」

『欸，真樹同學……海在裡面對吧？』

「……抱歉，可以等我一下嗎？」

我先回了一句，然後迅速去找朝凪。

這個情形怎麼想都很不妙。
「……夕，在外面嗎？」
「現在還在門外……妳走出家門時被天海同學看見了嗎？」
「我有留意，所以應該不會……應該。」
聽說天海同學和朝凪的家有點距離，所以除非是特意埋伏，否則湊巧看見她走出家門的可能性很低。
也就是說，天海同學幾乎是有確切證據，相信朝凪今天就在我家。
「朝凪，我們的事，妳跟天海同學……」
「那個……這個——」
「還沒說？」
朝凪過意不去地點點頭，但是我現在沒有心情責備她。
朝凪沒說，也就表示天海同學是在某個時間，察覺我和朝凪是親密的朋友關係。
即使裝傻趕走她，遇到這個狀況想必也沒有意義。
「前原，抱歉。我……」
「不，本來就是我提議保密，朝凪並沒有錯。」
這個時候就乾脆一點吧。朝凪也不是故意如此的。
我讓朝凪坐到餐桌旁，然後請天海同學進門。

三人之間一片沉默。

「……海。」

「夕……」

面對天海同學筆直看過來的眼神，朝凪只能撇開目光。

朝凪顯得怯懦，天海同學則是用憐憫似的視線看著這樣的朝凪……與兩人平常在學校表現出來的模樣相比，立場完全不同。

「天海同學，要不要喝點什麼——」

「不用了。我今天打算馬上就走。畢竟打擾你們寶貴的時間未免太過意不去。」

「夕，我不是這……」

「朝凪，這裡讓我來說吧。」

只交給她們兩人實在不太好。得由我居中協調才行。

「……天海同學，我和朝凪的事，妳是何時發現的？」

「我開始覺得不對勁……應該還是『家裡有事』吧。畢竟次數太多了。」

我和朝凪應該都沒有做出引人矚目的行動，但是看樣子終究是瞞不住。

「班上同學多半還沒發現，可是……對不起，海。就像班上的大家看著我那樣，我也一直看著我的好朋友。」

表面上說家裡有事拒絕天海同學的邀約，實際卻是暗地裡和四月才成為同班同學的男生一起玩——被好朋友蒙在鼓裡的天海同學，不知道是以什麼樣的心情看著這一切。

「欸，海。為什麼不肯告訴我妳和真樹同學的事？虧我想著即使暫時保密，海一定會告訴我的，所以一直在等妳。」

「這……」

「天海同學。抱歉，都是我不好。我覺得被班上同學說三道四會很麻煩，所以拜託朝凪請她保密……對吧，朝凪？」

「……」

我請朝凪保密明明是事實，但是朝凪既不肯定也不否定，只是低頭不語。

明明是我的錯，為什麼朝凪一臉都是自己不好的表情呢？

「欸，真樹同學剛剛說的，是真的嗎？」

「……」

我沒有說謊。

明明沒有說謊，朝凪卻什麼也不回答。

「海，你為什麼不說話？是因為不能相信我？還是說，只有我以為我們是好朋友，但是對海來說不是這樣？」

「沒、沒這種事……我到現在還是把夕當成——」

「那麼為什麼不肯把真樹同學的事告訴我？只要妳說不想讓班上同學知道，想偷偷與他往來，我也會好好保密的。」

正因為這就是我們的目的，所以無論是我還是朝凪，在過夜那天晚上才會一起決定要把這件事告訴天海同學。

可是到頭來，朝凪並未把整件事告訴天海同學，於是到了現在。

「……或許吧。我相信即使說出真相，夕也會為我守口如瓶，而且也會多方為我和前原費心吧。」

「那麼為什麼……」

「這——」

隔了一拍之後，朝凪用像是好不容易擠出來的聲音對著好朋友說道：

「……對不起，只有這件事我說不出口……我不想說。」

我坐在朝凪的身旁，她握緊著我的襯衫衣角。

我雖然也對朝凪把我和她的事瞞著天海同學這點頗有疑問，但是搞不好朝凪也有自己的理由，讓她決定一直對天海同學保守祕密。

我是第一次看到這樣的朝凪。

「……對不起，前原。時候也晚了，媽媽也會擔心，所以今天我就回去了。」

「啊，既然海要回去，我也一起——」

「慢著。」

朝凪揮手制止打算跟著她的天海同學。

「夕才剛來，休息一會兒再回去吧……我是說讓我一個人回去。在這種氣氛下和夕獨處……抱歉，坦白說，我有點難受。」

「海……」

這是明確的拒絕。

她們是好朋友，我從來不曾看過她們不和，但是在這個瞬間，兩人之間有了裂痕。

「……對不起，夕。我是個很過分的傢伙。」

「啊，海……」

「前原，下次見。今天，謝謝你的電話……我很開心。」

朝凪露出寂寞的笑容，像要逃離我和天海同學似的走出家門。

「真樹同學……怎麼辦，我……」

「嗯……」

是該立刻追上去，還是該隔一段時間，讓彼此冷靜呢？

現在的我無法得到這個答案。

週末那件事的餘韻未消，我在家裡度過六日之後，時間來到週一。

我比平常早了一點出門，前往學校。

設計圖的部分，我趁著六日休假在家時，已經全部完成。之後只差影印出來，交給班上每一個人，然後開始製作實際展覽用的馬賽克拼圖。

雖然提不起勁，但是工作歸工作，其他事歸其他事。

由於有著週末那件事，我的腦中瞬間閃過她也許不會來上學，但是朝凪同學好端端地坐在自己座位上。天海同學當然也一起。

「啊，是真樹同學。早安～」

「早安，天海同學……還有，朝凪同學也早。」

「嗯，早。」

我為了上週的事而緊張，但是朝凪的回應一如往常。

「啊，對了。這個是設計圖。已經計算出需要的各種顏色空罐數目。我自己檢查過，但是如果發現有錯，或是覺得哪裡不對勁，記得跟我說。」

「嗯。喔喔～好厲害！這樣一看真的很像藝術品。完成之後不知道會是什麼樣子呢。妳說對吧，海？」

「也是啦，畢竟原本的畫厲害到不行，只要不要搞砸應該就沒問題吧。啊，影印稿我來發，給我吧。」

「抱歉，可以麻煩妳嗎？」

「當然。」

如此說道並露出微笑的朝凪，怎麼看都是平常的朝凪海，正常得讓我吃驚。

包括對待天海同學的方式在內，表現得彷彿先前那件事從未發生。

搞不好她在假日和天海同學和好了——我雖然很想問，但是現在還有其他同學，當然沒辦法談論這些。

先傳個訊息看看吧……如此心想的我一回到座位，口袋裡的手機就在這時震動起來。會是朝凪傳的嗎？我邊想邊看向畫面，發現上面顯示的是與平常不一樣的圖示。可愛的兔子角色圖示上面，寫著「天海」這個名字。

抬頭一看，發現天海同學正在偷瞄我這邊的情形。

『（天海）　真樹同學對不起，突然發訊息給你。』

『（前原）　天海同學，不可以看這邊喔。會被大家發現。』

『（天海）　啊，抱歉。我不太習慣這樣。』

『（前原）　怎麼了嗎？』

『（天海）　呃……是關於我跟海的事。後來你有跟海說些什麼嗎？』

『（前原）　不，沒說什麼。天海同學呢？』

『（天海）　其實我也沒有。放假那兩天我也覺得很尷尬，沒辦法找她說話。』

『（天海）　可是等到假日過去，她便若無其事地來我家接我。』

『（天海）　所以我在想，是不是真樹同學找海說了些什麼。』

『（前原）　朝凪是怎麼說的？』

『（天海）　她說週五的事很對不起，請我忘掉。只有這樣。』

也就是說，現在的她們只是表面假裝沒事，而不是確實和好。

當時朝凪對天海同學說的話掠過腦中。

話一旦說出口，就再也不能收回。

哪怕朝凪要她忘記，天海同學也努力試著忘記，但是既然還留在記憶裡，就是會在一些不經意的時刻瞬間想起。

無論好還是不好，也可能會因此留下疙瘩。

既然鬧成這樣，也許她們的關係已經無法完全恢復。可是也不能就這麼放著不管。

因為我認為她們明明是一直在一起的好朋友，卻因為我的關係變成這樣，身為朝凪海的「朋友」絕對要避免這樣的情形不可。

『（前原）　天海同學，這件事可以暫時交給我處理嗎？』

『（天海）　嗯。而且由我來說可能只會有反效果……那就拜託你了。』

『（前原）　謝謝妳，天海同學。總之先等放學後再聯絡。』

與天海同學談完之後，我立刻發了訊息給朝凪。

『（前原）　喂～朝凪。』

『（前原）　朝凪，我在叫妳。』

『（前原） 為什麼不理我。』

朝凪明明應該已經察覺到訊息，但是不管等待多久，朝凪都是已讀不回。

乍看之下朝凪似乎若無其事，一如往常，但是看在知情的我與天海同學眼裡，就只有滿滿的突兀。

由於設計圖已經完成，校慶準備的工作從今天正式開始。

馬賽克拼圖的製作方式並不困難。只要用錐子在空罐上打洞，然後根據設計圖依照順序用繩索穿過，之後只剩排列掛在屋頂的欄杆上。

問題在於作業時間，如果有所延誤的話就只能留在學校趕進度。然而只有校慶前一天允許熬夜趕工，所以非得在那之前完成不可。

作業行程要對負責校慶的學生會報告，至於指揮班上同學則是班級執行委員的權限，我需要和搭檔朝凪好好合作才行。

『（前原） 朝凪。』

『（朝凪） 什麼事？』

『（前原） 談談。』

『（朝凪） 不要。』

她總算願意回應了，但是依然像這樣拒絕我。

天海同學或新田同學去找她說話的話就會正常應對，聊些不痛不癢的話題，也會露出笑容，但是完全不肯與我對上視線。

這是為什麼呢？氣氛尷尬的明明應該是朝凪和天海同學，為什麼隔個休假之後會變成我和朝凪之間的氣氛不太對勁？

『（天海）　真樹同學。你好像被海無視了？』

『（前原）　好像是這樣。』

『（天海）　哎呀呀。』

『（天海）　果然還是由我去問問看吧？』

『（前原）　不了，我再努力看看。』

『（天海）　是嗎？可是如果不行的話要說喔。』

『（前原）　了解。』

既然她連訊息都不回應，也就只能找機會跟她說話。

起身走到朝凪旁邊，對她說聲：「我有話要跟妳說。」

乍看之下很簡單，但是要平常待在教室時，幾乎都坐在椅子上的我這麼做，還是需要一點勇氣。

然而，我不想沒完沒了地延續這樣的氣氛。

我想和朝凪說話，好好言歸於好。

「……朝、朝凪同學，現在方便嗎？」

第五堂課結束後，只剩一堂課就要放學，班上氣氛十分輕鬆，我走到朝凪的座位旁。

朝凪當然也嚇了一跳，包括天海同學在內的班上同學視線都集中到我的身上，但是現在這些都不重要。

「……什麼事？」

「這個……我有事想跟朝凪同學說。」

聽到我的發言，同學們一片譁然。

「啊，該不會是設計圖的事吧？說到這個，確實是有幾個地方設定錯誤呢。」

朝凪對此做出反應加以滅火。「什麼嘛」的氣氛在教室裡擴散。

「不，不是這件事。也有公事要談沒錯，但是我想說……更私人的事。」

「咦、咦……？」

這次我才不會讓她如願。不懂察言觀色的阿宅只要一開口就停不下來。

朝凪的眼神明顯十分游移。

「正好有些工作想找妳一起在倉庫進行，放學後……有時間嗎？」

「啊，不，可是我也有很多事得安排……大家一定也覺得這樣比較好——」

「——不，我們不要緊喔？」

天海同學拆了她的下台階。

「夕，妳……可是我們兩個都不在，應該不太妙吧……」

「我也差不多算是執行委員了，而且會從簡單的部分做起，所以完全沒問題。」

天海同學若無其事地對我眨了一下眼睛。

我因為太過緊張，忘了通知天海同學這件事，但是她似乎敏銳地察覺到了。

「鑰匙由我去領，朝凪同學先到倉庫等我。」

「不，我的話還沒說完——」

「不想來也可以不用來……可是，如果妳願意過來，這個……我會……很開心。」

「唔……」

我用只有朝凪聽得見的音量說出「開心」便一溜煙地逃回自己的座位，專心地看著自己桌上的木紋。

就連我也覺得，自己的所作所為好難為情。

好奇的視線頻頻刺在我身上，但是既然做到這個地步，朝凪也無法繼續無視我。

『（朝凪）　前原笨蛋，討厭。』

第六堂課上到一半，這個訊息傳到了我的手機。

放學之後我到教職員辦公室領了鑰匙，前往倉庫一看，就看到一臉氣呼呼的朝凪過來迎接我。

「笨蛋，真是笨蛋。明明說過我們的事要保密……你卻在大家面前說成那樣，我豈不是非來不可了。還有，你還跟夕鬼鬼祟祟說些什麼。」

「那是因為朝凪無視我……為什麼放個假回來就已讀不回啦。」

「這、這個，你也知道……那個……」

由於大家都在看，無可奈何的朝凪只好過來找我，但是似乎尚未下定決心說出理由。

「……不管怎麼說，先把工作完成再說吧。依照天海同學的說法，應該已經收集了一半左右。」

「可以嗎？」

「哪有什麼可不可以，我找妳過來本來就是這麼打算……如果妳覺得先把話說出口會比較舒暢，我也願意洗耳恭聽喔？」

「……先工作啦。笨蛋。」

朝凪雖然嘴巴不饒人，但似乎只是在鬧彆扭，並非真的討厭我。雖然我本來就認為朝凪不至於那樣，但是消除了這個可能性還是讓我慶幸。

我用先前借來的鑰匙，打開倉庫的門走了進去。

如果是漫畫或動畫遇到這種情形，就會被關在昏暗的倉庫裡，兩個人待到早上——這已經是固定橋段了，但是實際上從裡面也能夠開鎖，而且倉庫裡還有日光燈，所以不會發生這種情形。

「要清點大家收集到的空罐，還有把裡面清理乾淨吧？你問過空罐放在哪裡嗎？」

「嗯。依照天海同學的說法，走進倉庫沒幾步會有黑色垃圾袋……是這個嗎？」

我看向四周，右手邊確實堆放著一大堆黑色垃圾袋。據說有依照顏色分裝，所以清點本身並不困難，但是也許會花點時間。

「我們分頭進行吧。朝凪從那邊算過來。等到清點完畢就把今天預計要用的分量洗乾淨，然後拿回教室。」

「……嗯。」

有很多想說的話暫且放下，先進行該完成的事。

「這大概是黑色吧……哇啊，裡面還有菸蒂……照這樣看來，清洗工作多半會很麻煩啊。朝凪，妳那邊怎麼樣？」

「我這邊沒問題。收集的小組不一樣，多半也會有是否清洗的差別，所以髒的先放在一邊，然後再一起用水洗吧。還有考慮往後繼續收集空罐的情形，我會先跟夕說一聲，讓她要求大家注意。」

「知道了，麻煩妳。」

「嗯。」

像這樣一起進行作業，就能切身體會我和朝凪果然很合得來。我想做的事，她幾乎都了然於心，所以每一個步驟都很順暢。

作業本身的確進行得很順利——

「……」

「……」

該說的話都說完之後，倉庫裡頓時陷入沉默。

喀啦、喀啦！只有我和朝凪清點空罐發出的碰撞聲。

……非常尷尬。

換作是平常的我和朝凪，看漫畫或電影時幾乎不會說話，甚至還會看到一半睡著，所以對於這點沉默完全不放在心上。

然而，那是彼此之間完全沒有疙瘩的時候，與現在不一樣。

「啊……」

「唔……」

作業進行到一半不時會和朝凪四目相交，然後撇開目光。

這種時候，我們平常會說些什麼呢？披薩火箭的新產品、B級片、漫畫裡喜歡的角色、遊戲新作，還有偶爾聊聊學校的事……我和朝凪的話題差不多都是這些，但是在現在這個狀況，我想說的不是這些。

「……欸，前原。」

「什麼事？」

「你不問嗎？」

「不問什麼？」

「……這個，像是我躲著你的理由。」

「妳想說嗎？」

「不，我不想說……可是，我也很明白不能一直這樣下去。還有我跟夕的事也是。」

無論是我還是朝凪，還有天海同學也一樣。都想去修補因為我和朝凪的交友關係曝光所造成的裂痕。

對於朝凪來說，天海同學是長年以來一直在一起的「好朋友」，這點沒有改變。

因此比起就這麼彼此疏遠，和好肯定是比較好的做法。

然而若是想要修補，那麼無論如何都非問不可。

問起一直以來明明有機會告知，為何朝凪始終對天海同學隱瞞我們的交友關係。

「開門見山地說呢——」

「……嗯。」

「我其實很想問、很想知道朝凪的事。當然上週發生了很多事……可是到了週一妳就突然躲著我。這樣我根本莫名其妙。」

「……抱歉。」

「沒關係啦。不管是朋友還是好朋友，我想人都會有不想說出口的煩惱。像我也是，關於父母離婚之類的事，我也並非一五一十全都說了。」

因為即使外人覺得「搞什麼？就這點小事？」，但是對當事人來說卻是切身的煩惱。

「如果能讓朝凪多少感覺輕鬆一點，我希望至少能陪妳說說話……可是，當事人自己還在猶豫該怎麼做，卻找了各種理由勉強發問，我覺得這樣還是不太對。」

既然有所疑問，直截了當發問就好，但是自己想知道理由的心情，與即使如此還是想尊重朝凪的心情相抗衡，結果就是弄成現在這樣。

我覺得自己真是優柔寡斷，沒出息。只是和人說話，腦子裡便會冒出多餘的念頭，無法實際化為行動，所以之前才會一直獨自一人。

「我想把很多事情問個清楚……可是如果朝凪不想說，我也不再過問。至少在朝凪想說之前都不問。」

「……前原，這樣好嗎？搞不好我會一直保持沉默喔？」

「就算這樣也沒關係。」

作為朋友雖然會有點落寞，但是這種事到時候再說。

「所以這件事到此為止。來吧，趕快繼續動手吧。要是拖得太晚，班上那些傢伙可是會有不必要的誤會——」

「……無所謂。」

「咦？」

「我無所謂……可是。」

「……朝凪？」

正要回頭看向朝凪的瞬間，一陣柔和的甜香，以及柔軟的觸感籠罩著我。

原來是朝凪從背後抱住我——我發現這件事，已經是朝凪伸手環抱我的幾秒鐘之後。

「咦？咦？」

「……前原，笨蛋。」

仔細想想，這也許是我第一次和朝凪緊緊貼在一起。

以前也有過摸頭、牽手之類的肌膚接觸，但是這樣似乎過火了點。

背上傳來溫暖的體溫，以及隔著制服依舊能夠感受到朝凪屬於女孩子的部分。

我在不解之餘，心臟的跳動也漸漸變得愈來愈快。

「笨蛋，笨蛋。前原為什麼這麼體貼。體貼是前原的優點，可是太過火只會變成笨蛋爛好人啊。這樣下去遲早有一天會被壞人趁虛而入……例如，像現在的我這種卑鄙傢伙。」

「我、我說……」

「不行。現在不可以轉過來。你要是轉過來就不是彈額頭可以了事的。」

「我又沒做錯什麼……這也無所謂啦。」

雖然沒有在哭的感覺，但是她頻頻吸鼻子，所以搞不好眼眶已經濕了。

「欸，前原。」

「嗯。」

「今天真的很對不起。你嚇了一跳吧？」

「真的。我今天一整天都很不安，心想自己做錯了什麼。」

「你生氣了嗎？」

「我很想說沒有……不過怎麼可能。」

「啊哈哈……就是說啊。前原明明沒做錯什麼，卻突然遭遇這種對待嘛。我真的很對不起你。」

依稀感覺朝凪抱住我的力道加強了些。

我的背可以感覺到朝凪噗通噗通的心跳。

「朝凪……我可以問嗎？」

「可以啊。至於我會不會坦白招供又是另外一回事。」

「竟然不說啊。依照流程來看，一般都會說吧？」

「這點我懂。可是你也知道，我這個女生沒那麼好應付。」

「不要自己講。」

「欸嘿嘿，對不起喔，我就是個彆扭的女生。」

「真拿妳沒辦法……」

可是我認為，現在這樣就好。

先前尷尬的氣氛已經慢慢消融。

「……欸，前原。」

「又有什麼事？」

「如果我說願意全部說出來，你會好好聽嗎？」

「當然會。我本來就是這麼打算，才會強忍著難為情把妳叫出來。」

「……會很長喔？」

「我先問一下，大概有多長？」

「如果想要說得清楚，要從國中那時……不，大概要從更早之前說起吧。」

光是特意從名門女校來到普通的男女合校，就讓我覺得「說不定有些隱情」，但是看來事情發端就在這裡。

然而，既然朝凪有心想說，我也想好好聽她說。

接下來我所要觸及的，多半是朝凪這個人有點負面的部分。而這些部分多半和天海同學有很大的關連。

這應該是對好朋友天海同學也一直隱瞞至今的，真正的朝凪海。

即使如此，我和朝凪是朋友。即使不是像天海同學那樣的好朋友，但是我認為自己還是得到了朝凪的信任，能夠讓她想把自己的煩惱告訴我。

既然朝凪信任我，我也想好好回應這個信任。

我想這一定就是她說的笨蛋爛好人吧。

「那個，這件事可以等到校慶結束嗎？」

「這點交給朝凪決定。妳覺得這樣比較好吧？」

「嗯，大概吧。」

雖然不太清楚，但是既然朝凪想這麼做，我也沒什麼話好說。

「知道了。那麼我們先專心作業，這件事我會耐心等待。」

「……謝謝你，前原。我會好好告訴你，再等我一下。」

「那就接著開工吧。」

「也對。」

我們再度回到原本的工作。雖然作業時間稍微拉長了，但是我們還洗了空罐，而且數目比想像中還要多，多得是可以向班上同學交代的藉口。

「然後……」

「嗯？怎麼啦？不加快動作的話，天都要黑了。」

「不，這點我知道。」

我對著默默清點空罐的朝凪說道：

「為什麼跟我數同一袋？我們分頭處理吧。」

「不管分頭數還是一起數，到頭來所需要的時間還是一樣。既然這樣，我覺得這麼做比較好……以我現在的心情。」

朝凪雖然放開抱住我的手，並未回到原來的位置，而是和我肩膀靠在一起清點空罐。

總覺得這樣效率比較差……不過就算我說什麼，現在的朝凪也聽不進去吧。真是的，該說她是愛撒嬌還是任性呢？

「……好吧。那麼我們一起三兩下解決吧。」

「呵呵，你總算懂了嗎？真讓人費心。」

「這次是我妥協讓步吧。」

「不要在意這些小事啦～」

「囉唆，笨蛋。」

「啥？你才是笨蛋。笨蛋笨蛋。」

「啊～囉唆囉唆。笨蛋笨蛋笨蛋。」

雖然是幼稚園等級的拌嘴，但這才是平時的我和朝凪。

雖然還有天海同學的事還沒解決，但是眼前先滿足於我和朝凪的和好吧。

不用擔心。現在的朝凪肯定也能和天海同學言歸於好。

之後無論是我、朝凪，還是天海同學，都忙得沒有餘力思考前幾天的摩擦。

作業時間不夠就要想辦法擠出來，用到一半不夠的材料也需要補充。再加上校慶前一天的熬夜趕工……日子真的一轉眼就過去了。

然後終於來到校慶當天。

「完——」

「完成啦……！」

儘管接連遭遇各式各樣的困難，我們還是勉強完工了。

依照順序把繩索牢牢繫上屋頂的欄杆，往下吊掛。儘管是依照設計圖去做，不過既然是手工作業，便無可避免多少會有一些變形。

即使如此，只要順利做完就好了吧。

「……夕，怎麼樣？」

吊掛完成之後，朝凪打電話給離現場有段距離的天海同學。馬賽克拼圖就是要從遠處看才行，所以這是在確認完工狀況。

天海同學與其他小組的幾個人，使用肢體語言大動作表示——

『O、K——』

給了我們這樣的信號。

這個瞬間，我頓時覺得全身無力。

時間是上午八點多。校慶開始時間是九點，所以算是勉強趕上。

「總算是做完啦……」

「就是啊……」

我和朝凪雖然有輪流睡一下，但這是第一次熬夜趕工，又要和時間賽跑，因此情緒很緊繃，睡不太著。

萬里無雲的秋季晴空，陽光照得眼睛好痛。

「前原……現在的心情如何？」

「已經不想管校慶了，只想趕快回家睡覺。」

「我懂……雖然知道還不能睡。」

我們是執行委員，所以得再撐一陣子。校慶期間另有輪值巡視校舍的工作，結束以後也還有收拾善後的工作。

而且還有約好的那件事。

「……那件事，大概何時可以說？」

「這個嘛。我想大概是中午吧。」

這也表示上午多半可以悠哉一點。

不同於開咖啡廳的班級，我們的展示場所謝絕閒雜人等進入，所以不需要找人看守。

第一次的高中校慶……雖然也想逛一逛，但是已經逼近極限的睡意更加強烈。

「前原，你看起來好睏。」

「嗯。我有自信閉上眼睛幾秒鐘就會睡著。」

「有這麼睏……不過，畢竟你很努力嘛。」

「嗯。我，很努力。」

自己講這種話或許不太對，但是我覺得真虧自己可以做到這地步。雖然也是靠著朝凪和天海同學一直提供協助，但是即使如此，像是提議展示內容、出席會議、統整大家的意見加以指揮、與校方交涉等等……就算只是收集空罐製作展覽，幕後也需要各式各樣的協調。

之前我對於這類活動不怎麼配合，萬萬沒想到自己會像這樣在校內校外到處奔走。真的連自己都很吃驚。

「朝凪。」

「……嗯。」

「就算是這樣的我，也做到了這個地步。」

「嗯。」

就算是像我這樣內向的人，只要下定決心也能辦到。

所以同樣的事，朝凪海不可能辦不到。

「妳只要像平常那樣光明磊落就好。拿出妳把空白籤硬拗成中獎籤時那樣的勇氣，這麼面對天海同學就好。」

「嗯，我知道。知道是知道……可是，如果這樣會毀了一切……」

朝凪低下頭，吐露心中的不安。

在一直至今的往來中，我漸漸了解，朝凪雖然乍看之下完全不為外物所動，但是總會在一些不經意的時刻，露出纖細而膽小的一面。

她拚命搞清楚現場看不見的氣氛，為了大家壓抑自己——因此獨自煩惱。並非完美。她就是個有這麼一面的女生。

「……怎麼辦，前原？我，現在好害怕。想著如果全都說出來，但卻讓夕還有讓前原覺得受不了我，我該怎麼辦。」

朝凪的手會發抖，想必不只是因為寒風刺骨。

都走到這一步了，我怎麼可能會討厭朝凪。朝凪應該也知道這一點，但還是忍不住會思考「萬一」。

我們兩個人一個是現充，另一個是邊緣人。然而差別也許只在於身邊有沒有其他人，我和朝凪的本性或許很像。

如此相像的兩個人要成為朋友，為什麼會花這麼多時間呢？

不，也許正因為花了這麼多時間，我和朝凪才會在短時間內變得這麼要好。

「……朝凪，我有一個請求。」

「咦？」

「如果朝凪願意的話。」

我朝著朝凪伸出手並且開口：

「……我在想，可不可以牽手。」

「咦？牽、牽手？」

朝凪似乎沒想到我會這麼說，交互看了自己的手和我的手，連連眨眼。

「啊，不……我是想朝凪的手看起來很冰，就想幫妳溫暖一下。」

「……你該不會是想幫我加油打氣吧？這麼囂張？」

「囂張是多餘的。不要的話就算了。」

「……我才沒說不要好嗎？」

如此說道的朝凪立刻牽起我伸出的手。

果然不出我所料，朝凪的手非常冰冷。

「……嘿嘿。」

「怎樣了？」

「我覺得前原的手好暖和。」

「多謝。應該說是朝凪的手太冰了。妳太緊張了。」

「也許吧。那麼我得放鬆一下才行。」

朝凪和我牽著手，抬頭深呼吸了幾次。

「呼……嗯，謝了。多虧了前原，我稍微冷靜一點。」

「是嗎？那麼已經沒問題了吧？」

「嗯。」

朝凪的手已經不再發抖，所以多半可以放手了。

「朝凪，妳可以放開手嘍。」

「前、前原才是，已經夠了。」

「「……」」

我們感受彼此手上的溫度差異，沉默了一會兒後。

「我說啊，朝凪。」

「什、什麼事？」

「這裡比想像中冷，要不要再牽一會兒？」

「說得……也是。這裡又冷，現在又只有我們兩個。」

我們找到這個藉口，就這麼待到集合時間為止。

學校的鐘聲迴盪在清澈的秋季晴空，宣告校慶就此開始。

我們高中的校慶兩年舉辦一次，所以辦得挺盛大的。附近的車站或鬧區也有張貼委員會繪製的海報，還在社群網站進行宣傳。

因此儘管才開始不久，校地裡便顯得十分熱鬧。

「前原，你不去睡一下真的沒關係嗎？老師說如果想睡，可以去保健室。」

「我一睡下去多半爬不起來，而且接下來還要輪值巡視，所以還是忍耐吧。而且是難得的校慶，我也要好好享受。」

包括我和朝凪在內的執行委員，都是戴著綠色臂章的巡視人員。話雖如此，出問題的狀況並不是那麼多，似乎大多數時間都在校內到處玩。

至於我和朝凪這對搭檔也不例外。

「欸，前原。你看，我們去那邊看看吧。」

「唔，迷宮鬼屋……我其實有點害怕那種。」

「你都喜歡殭屍之類的恐怖片了，說什麼鬼話啊。走走走，巡視巡視。」

「啊——好啦，我去我去，不要用力推我……！」

於是負責早上第一個時段的我們打著檢查展覽的名義搶先遊玩，正常地享受這些設施。比其他客人先玩到，固然讓我稍微有點罪惡感，不過這就當作是我們努力做完包括準備在內的種種工作，藉此換來的獎賞吧。

「啊哈哈，雖然有點不過癮，不過玩得挺開心的。」

「是、是啊。好吧，畢竟只是辦在教室裡的攤位。」

「……話雖這麼說，你剛剛是不是走到一半抓著我的手臂不放？」

「啥？妳、妳在說什麼啊？我看那是鬼做的吧？」

「喔～？那麼剛剛走到一半那聲『朝凪，不要先走啊……！』也是出自鬼的嘴巴嘍？這個鬼可真是膽小啊。」

「唔唔……」

「呵呵，前原真可愛。」

看在旁人眼裡，多半會覺得這是高中生情侶才有的舉動，但是多虧了綠色臂章，多得是藉口可以用。

但這終究是巡視，是在工作。我們是在確認校內的狀況，絕對不是在做些約會之類不可告人的事。

……雖然我不否認挺開心的。

「前原，辛苦了。來，飲料。」

「嗯，謝啦。」

工作（？）結束之後，我們來到休息區小歇一會兒，順便吃晚了一點的早餐。

巡視時間大約一小時，但是仍然玩到不少……不，我是說順利完成工作。

「天海同學呢？」

「負責食物。她說人很多，所以要花點時間。總之你先喝這個等等吧。」

我坐在放在外面的折疊椅上，喝了一口朝凪買來的飲料。

雖然是碳酸飲料，卻不是常喝的可樂，化學甜味和獨特風味穿過鼻腔。

「啊，這是哈密瓜汽水。」

「嗯，雖然平常不喝，但是這種時候莫名就會想選吧？」

「我懂。雖然比起其他飲料不算特別好喝，就是會被這種人工色素的綠所吸引。」

「像是在電影院特別容易。」

「我能理解。」

不是可樂，而是哈密瓜汽水。朝凪果然很懂。

「欸，說到這個，前原會去電影院嗎？」

「嗯~除了無論如何都想在電影院看的以外，大概都會等到開放出租吧？」

我雖然喜歡電影院，但是一個人去多少有些遲疑。

當然也有人一個人去看電影，但是大多都是成群結伴的朋友，又或者是看似情侶的人們。因此我覺得有點莫名的自卑。

「該不會至今為止從來不曾和別人一起去過……我看沒有。我可以肯定。」

「不要這麼確定啦……雖然是事實。」

「哼~？這樣啊……那麼——」

朝凪一邊側目看著我的臉，一邊說道：

「下、下次放假之類的時候……怎麼樣？」

「咦？什、什麼怎麼樣？」

「就是，這個……你、你也多少理解一下啊，笨蛋。」

「抱、抱歉……」

她是在邀我一起出去，這點我明白。既然提到這個話題，順便問問要不要一起去看電影。平常都是在家裡看電視，偶爾去看大銀幕感受魄力也不錯吧。

但是「在假日」而且還是「兩個人」，這樣難免會想歪啊。

「朝凪，妳，這個……」

「嗯，嗯……這個……」

這是為什麼呢？

自從我們和好之後，一旦兩人獨處，就不時會出現這種奇怪的感覺。

一起玩，一起聊些無關緊要的事聊得起勁確實很開心，然而就是會在不經意的瞬間，強烈意識到朝凪是女孩子，搞得自己心跳加速。

關於這點，朝凪多半也是。

「那，怎麼樣……？」

「啊，嗯。我，只要朝凪願意，隨時……」

「——抱歉～海、真樹同學！遇到了很多事，所以我稍微晚了一點！」

「「…………」」

才剛要敲定約會，天海同學的聲音便插入我們之間。

她還是老樣子，不知道該說是巧還是不巧……我和朝凪同時嘆氣。

「夕，妳也拖太久了。」

「抱歉啦，海。路上跟朋友聊得太久……喂~妳們兩個，這邊這邊~！」

天海同學一邊開口一邊招手，前方可以看見兩個穿著外校制服的女生。

兩人都有種家教很好的千金小姐模樣……該不會？

「啊，得和真樹同學介紹一下才行。她們是我和海從國小就認識的朋友——」

「——妳說錯了，夕。」

朝凪看見兩個老朋友的身影，搖頭回應。

「對夕來說是這樣沒錯，但是對我而言並非如此——妳看，她們兩個也沒有把我當成『朋友』……對吧？」

「——咦？啊……」

天海同學似乎也發現了那兩人聽到這句話，以及看到朝凪之後全身僵硬的模樣。

「朝凪，沒關係嗎？」

「嗯。雖然比原訂計畫早了一點，不過……前原，你就聽我說吧。聽我說說我那渺小的自卑感的故事。」

5. 一直以來，從今以後

※※※

我，朝凪海遇見天海夕，是在距今大約七年前。

上完課之後一如往常與朋友回家途中，發現一個獨自顫抖的小小背影。

我看了一眼，就覺得這個孩子好可愛。她有一頭閃閃發光的金色長髮，以及白嫩得讓人吃驚的肌膚。我立刻叫了她一聲。

「什、什麼事……？」

這個戰戰兢兢看我一眼的女生，簡直像是個人偶。一雙藍色的眼睛又圓又清澈，簡直令人懷疑是不是玻璃珠。

「我，叫做海。朝凪海。妳呢？」

「咦？呃……我是夕，天海夕……」

「妳叫小夕啊。幾年級？」

「三年級……最近，搬來的。」

她的身高比我低，所以以為是學妹，原來是同年。說到這個，記得別班的朋友似乎說過來了個轉學生。這麼說來肯定就是她了。

「妳為什麼一個人回家？同班的朋友呢？」

「朋友……這個，那個。」

「沒有朋友？」

聽到我的問題，夕微微點頭。

真是意外。看她這麼可愛，感覺很快就會大受歡迎才是。

「我，在轉學前就一直被大家躲著……說是因為頭髮的顏色、眼睛的顏色等等……所以，一想到在這間學校，一定也會這樣，就好害怕……」

隨後她說了前一間學校發生的事，我的感想就是太過分了。光聽她說就會生氣。

在大家都長得大同小異的班上，唯一一個完全不同的孩子肯定非常醒目吧。然而只因為這樣就排擠她，太不應該了。

「這樣啊。那麼以後妳就跟我一起回家吧？」

「咦？」

聽到我這麼說，夕以張大嘴巴的表情看著我。

有這麼意外嗎？既然看到有人遭遇困難，當然要給予幫助。

姑且不論其他人，至少對我來說是理所當然的事。

「因為妳一個人回去很寂寞吧。還是不想跟我一起走？」

「怎、怎麼會……可是，可以嗎？」

「這個問題是什麼意思？」

「……因為，跟我這樣的人一起，一定會連朝凪同學也——」

「我無所謂喔。」

我邊說邊用雙手牢牢握住夕的手。夕似乎有些嚇到，但是我沒有放開她的手。

「就算被排擠，我也不是一個人……因為眼前就有我的朋友。」

「朝凪同學……」

「叫我海就好。從現在開始我也叫妳夕。」

在找她說話的時候就已經決定。決定絕不會讓她孤伶伶一個人。

「欸，夕。」

「什麼事，小海？」

「一下子就好，可以笑一個嗎？」

「咦咦……！這麼突然……好、好害羞喔。」

「求求妳。只有偷偷笑給我看。一下子就好，我好想看夕可愛的笑容喔。」

「嗚、嗚~那、那麼，只有一下下喔？」

在沒有旁人的窄巷裡，夕朝著我露出僵硬的微笑。

「好可愛。」

看到這個笑容的瞬間，我不由得冒出這樣的感想。同時我也想到。

這個孩子不應該像這樣埋沒在路邊一臉黯淡。她應該要像那頭輕柔飄逸的金色頭髮一樣，以閃閃發光的可愛笑容照亮大家。

「那麼我們一起回家吧，夕。」

「嗯，小海。」

「不加小字喔，夕。」

「那、那就，海……」

「好，ＯＫ。妳明明就說得出口嘛。好棒好棒。」

「是嗎？欸嘿嘿。」

於是我和夕成了朋友。這就是一切的開端。

翌日，我立刻把夕介紹給其他朋友認識。

介紹的對象是二取紗那繪與北條茉奈佳。她們是我從國小入學時就特別要好的兩人，平常也都一起上下學。

「來，夕。」

「嗯、嗯。可是……」

「不用擔心。她們是我的朋友，都是好孩子。」

雖然覺得剛認識就要介紹給別的朋友似乎不太對，但是這種事愈快愈好。實際上，現在的夕一直緊緊黏著我。要是拖得太久，依照夕內向的性格，也許會讓她再也不去結交除了我以外的朋友。

如果可以，我希望能夠一直陪伴夕，但是我不可能隨時待在她的身邊。

因此為了我無法陪伴的時候著想，我認為友軍是愈多愈好。

「……我是三年一班的，天海夕。這個……請多多……指教。」

「嗯，請多指教喔，小夕。」

「請多指教。妳好漂亮，好可愛。」

紗那繪與茉奈佳當然都接納了夕。

應該說是我事先拜託她們與夕好好相處。

「太好了，夕。」

「嗯，謝謝。多虧了海，我一下子交到兩個新朋友。」

說來像是在炫耀，我的交友關係還挺廣的。雖然時常和紗那繪與茉奈佳在一起，但是在別班當然也有一些朋友。

一旦進入以我為中心的圈子裡，豈止是兩個人，相信她能夠與很多朋友一起生活。

我如此相信著，而且事實也如我所料。

夕開始會在大家面前露出開朗的笑容。她找回了在以前的學校失去的自信，用最燦爛的笑容照亮大家。

到此為止都如我所料。待在夕身旁的我看著一天天愈來愈可愛的夕，感到非常自豪。

直到目前都非常順利。

……本來應該是如此。

我開始覺得不對勁，是在升上國中部以後。

認識夕的這幾年都與我料想的一樣，夕和我一起有了強烈的存在感，成為班上的核心——不，說是全學年的核心也不為過。

儘管我的存在感因此變淡，但是我不嫉妒夕。因為我的價值不在容貌，而是其他地方。

「早啊，海！」

「哇啊——等等，不要突然抱住我啦。妳是從哪裡來的狗狗嗎……不過很可愛，所以可以給妳摸摸頭。」

「欸嘿嘿～」

夕則是一反成熟的外表，還是一樣緊黏著我。儘管不會感到怕生，但是和我在一起的時候，她就像回到我們剛成為朋友那時一樣，對我露出天真無邪的笑容。

「紗那繪、茉奈佳，早。」

「早啊，小海。」

「早安～」

紗那繪與茉奈佳沒有什麼變化。我們雖然要好，但是她們不會像夕那樣黏著我。應該說這樣才正常，夕有點太愛撒嬌了。

「啊，對了，夕今天是值日生吧？跟老師拿了日誌嗎？」

「咦？啊……對喔。」

「真是的，好啦，快去吧。遲到會被老師罵的。」

「嗯、嗯。那麼大家，我去去就回。」

如此說道的夕甩動一頭變得益發亮麗的金髮，跑出了教室。

只是去拿個日誌。這麼一件小事，夕卻像從花上起飛的蝴蝶，美得像一幅畫。班上的同學們似乎也都看著夕，不由得看得出神。

「啊，對了。欸，妳們兩個，下週的假日，週六或週日有空嗎？」

「六日？呃～不知道耶……」

「要看才藝班怎麼排，怎麼了嗎？」

「嘿嘿，其實啊。」

我從制服口袋裡拿出一樣東西。那是最近即將上映的電影免費招待券。媽媽說是認識的人給的，要我和朋友一起去看。

「票有四張，要不要我們一起去看？之後再找個地方玩。怎麼樣？」

其實自從上了國中以後，我們四個人一起玩的情形變少了。紗那繪與茉奈佳各自忙著學習才藝，經常會有少了其中一個，或是兩個都不在的情形。

時常發生這樣的情形就會愈來愈提不起勁，即使如此我還是會約她們。

儘管不認為玩耍的次數減少會讓友情變淡，但我還是希望偶爾可以大家一起出去玩，確認我們的友情。

「呃～週六……週日……啊～」

「下週，可能有點困難。」

我本來以為有機會，但是看樣子她們還是不方便。

「抱歉，小海。虧妳邀我們……」

「沒關係沒關係。妳們兩個既然有事去不了，那也是沒辦法的。」

看到她們兩人露出過意不去的表情，於是我輕拍她們的肩膀，要她們別在意。

沒辦法一起看電影雖然遺憾，但是還有機會。而且朋友不會跑掉。

「如、如果要一起出去玩，下下週的週日怎麼樣？到時候我有空。茉奈佳呢？」

「嗯，我也會跟父母拜託，請他們偶爾讓我透透氣。」

看吧，一切正如我所料。只要展開行動就會有辦法。

「——久等了～！我去跟老師拿日誌回來了！」

「喔，說人人到。那麼集合時間之類的之後再聯絡。」

雖然覺得有點寂寞，但是電影就一個人去看吧。跟夕一起去也行，但是這樣對她們兩個不好意思，而且偶爾一個人看電影可能也不壞。

於是到了假日，我沒有告訴任何人便獨自上街，結果，這讓我詛咒自己來得真不巧。

當天的我選了一間比平常更遠的電影院，就在前往的途中。

不該出現在這裡的說話聲進入我的耳裡。

「小夕，接下來去那邊吧。」

「啊，妳們兩個，等等我……」

我感覺心臟瞬間揪緊。

聽得到三個人的說話聲。

紗那繪、茉奈佳，以及夕。

姑且不說夕，為什麼她們會在這裡？她們不是另外有事嗎？

我勉強壓下愈來愈快的心跳，躲起來觀察她們。

「怎麼啦，小夕？看妳一臉陰鬱……不開心嗎？」

「咦？不是，這是我平常不會來的地方，所以玩得非常開心……可是沒有海還是會讓我覺得寂寞。」

「也、也是啦……可是，這也沒辦法。聽說小海今天很忙。」

「嗯，我也問過海，她說今天不行。」

不對。那是因為紗那繪和茉奈佳有事，我才會對夕這麼說。

為什麼？為什麼我被排擠了？

「妳們，說了謊……」

一想到這裡，眼底就不由得發熱。

雖然不知道理由，但是她們排擠我，找夕去不同於平時的地方玩。

……不可饒恕。

我想去質問她們。為什麼排擠我？只有我以為我們是朋友嗎？她們討厭我嗎？

這些話不斷從沸騰的腦中一句句冒出來。

然而即使如此，我的雙腳還是沒能從暗處後面邁出一步。

「為、為什麼……！」

到了最後關頭，我的理智壓下了怒氣。

想到一旦在這個時候爆發，想必會毀了一切。想到任由感情驅使，衝過去宣洩怒氣，換來的就是失去我們四個人先前建立起來的關係。

我害怕那個瞬間來臨。

「得裝作沒看見……」

我像這樣說服自己。不由自主這麼做了。這件事讓我很難過，也感到很生氣，但是只要忍耐下來，就能暫時保住朋友關係。就不用讓夕的那個笑容蒙上陰影。夕只要那樣就好。她什麼都不用知道。

我希望夕能夠笑得一如往常。

一想到這裡，我為了不讓她們發現，於是什麼也沒做便逃也似的回家了。沾著水滴的電影票被我撕成兩半，揉成一團扔進便利商店的垃圾桶。

後來發現她們只有那天對我說謊。然而，一旦發現原本相信的朋友說謊，哪怕只有一次，帶來的震撼似乎都超乎想像。我持續僅有表面的往來，但是久而久之終於再也忍耐不住。我的心就在沒有人發現之時迎來極限。

當時正好是國三那年的秋天。本來應該會直升高中部的我把情形告知雙親，變更升學志願，改成附近的男女同校——也就是現在的高中。

※※※

「——到了這裡，算是我上高中之前的事吧。」

朝凪說到這裡，終於喘了一口氣。相信她從之前就在想要怎麼說明，才能讓不知道她們國中情況的我也能輕鬆聽懂。

即使到了這個時候，朝凪還是那個朝凪。正經過頭了。

順帶一提，我已經請二取同學和北條同學暫時離席，結果證明這麼做是對的。因為我想如果她們在場，難保天海同學不會責備她們。

相信朝凪一定也不希望發生這種事。

「怎麼會……那麼妳說變更升學志願是因為學費吃緊，那是……」

「假的。我找了個最煞有其事的理由，其實只是想逃避。雖然到頭來夕也跟來了。」

「那還用說……因為海可是我的好朋友。紗那繪與茉奈佳雖然也很重要，可是對我來說，海才是第一。我被父母罵得很慘，念書準備考試也很辛苦，然而就算是這樣，我還是絕對不想過著沒有海的高中生活。」

也難怪天海同學會這樣想。

如果不是朝凪發現天海同學孤獨的背影，並且對她伸出援手，真不知道現在的天海同學會是什麼樣子。

「夕，妳剛剛說了第一吧？」

「咦？嗯、嗯。」

「……大概就是這樣才不行。聽到夕這麼說，我是很開心，可是這下適得其反了。」

「咦？」

「——其實我在畢業典禮的時候，問過紗那繪和茉奈佳。問她們：『妳們那個時候為什麼要說謊？』」

所以她們在看見朝凪的瞬間，才會露出尷尬的表情。

「因為她們比起我，更想加深跟夕的關係——沒錯，這是她們說的。說當時的夕雖然很受歡迎，但私下的交友關係幾乎只有我一個人，所以其他班上同學還挺羨慕我的。

無論是紗那繪還是茉奈佳都就近看著這一切，於是有了『那我們也要』的想法。她們道歉表示那只是一時鬼迷心竅。雖然我聽起來完全都是藉口。」

和受歡迎的人打好關係，誤以為自己也變得了不起——當時的她們多半就是陷入這樣的心境吧。

只要幫別人介紹天海同學，或者幫忙約她一起出去玩，然後得到感謝，相信這會讓她們感到很自豪吧。

可是要達成這個目的，就得想辦法把這個角色從朝凪手上搶過來。

「我一直覺得夕愈來愈找回原本的自己，相對的，我和這個圈子的中心離得愈來愈遠。平時會找我說話的同學，都漸漸變得只顧著找夕說話……」

自己之前努力創造的事物，不知不覺間變得不再屬於自己。這種狀況，光是想像都會讓人感到排斥。

朝凪獨自一人懷抱這樣的心情，一路走到今天。

「可是會變成這樣，全都是我自作自受吧。因為要求夕這樣做、期盼這樣發展的人就是我。事到如今才要她停手，要她變回像以前那樣沒有朋友，這種話我絕對說不出口……我怎麼可能說得出口。」

這次的事天海同學完全沒錯。天海同學只是依照她自己的作風行動。就如同朝凪本人所說的，錯的人是朝凪。

如果不找她說話、不幫助她，朝凪就能夠一直待在自己創造的群體中心。可是這樣便無法拯救天海同學。

事情為什麼會變成這樣呢？

「朝凪，那麼妳不和天海同學提起我的事，該不會是……」

「……嗯。因為我不希望努力交到的朋友被搶走。」

只要保密，讓我遠離天海同學，多半就能夠讓這種可能性趨近於零吧。再加上我也無意拓展交友關係，所以正巧符合朝凪的需要。

我想避免班上的雜音，至於朝凪基於過去的經驗，不想重蹈覆轍。

這些條件巧妙地互相吻合，讓我們祕密的交友關係維持至今，然而這種關係也將不得不修正軌道。

「欸，夕。」

「……怎麼了？」

「妳，喜歡我嗎？」

「那、那還用說！從第一次見面那時開始，妳就一直是我最喜歡的好朋友！」

「我想也是。我也是到了現在，都真的很喜歡夕……可是我有多喜歡夕，大概就有多麼討厭夕吧。」

「海……」

喜歡，可是討厭。

看似矛盾，但是現在的我總覺得能夠體會朝凪的心情。

「……抱歉，我去讓腦袋冷靜一下。」

「啊！海，等等——」

「不用擔心。我不會再逃避了……可是抱歉，我需要一點時間。」

扔下這句話的朝凪便消失在午休時間的繁忙人潮之中。

我大概猜得到她去了哪裡。校舍內外都這麼多人，要找個能夠獨自冷靜的地方，怎麼想都只有那裡。

「天海同學，我要去追朝凪。畢竟我還有話沒對她說。」

「真樹同學……嗯，知道了。海就拜託你了。」

朝凪雖然說過要一個人靜一靜，但那是對天海同學說的，對於我多半什麼也沒說。所以我追過去應該沒問題。

多半又會被她罵笨蛋之類的，不過如果是被朝凪罵，我倒是無所謂。

不出我所料，朝凪就待在屋頂。

我對抓住屋頂欄杆，傻傻看著下方的朝凪喊了一聲。

「喲。」

「妳在憂鬱什麼啊，真不像妳。」

「囉唆。我不是說過讓我一個人靜一靜嗎？你沒長耳朵嗎？」

「那麼下次記得鎖門。明明有隔絕的手段卻不去用，等於是在說請來找妳。」

「……前原是笨蛋。」

「好好好。來，我有面紙，拿去把臉擦乾淨。」

「嗯……」

朝凪從我手上一把搶過面紙，順便擤了一下鼻涕。

今天的朝凪和平常不一樣，是個愛哭鬼。不，搞不好她只是平常拚命忍耐。

「朝凪果然很厲害。虧妳背負這麼多東西，還能維持到現在。」

直到她像這樣吐露心聲之前，我，甚至連天海同學都完全沒察覺。

受到朋友背叛而產生的不信，人們不斷從自己身邊離開的焦躁、孤獨。甚至還有著對好朋友天海同學抱持的自卑。

換作是我，想必已經承受不住而自我封閉了。

「朝凪，妳很努力了。真棒。」

「……就是啊，我很努力。所以要多誇誇我。」

「嗯，我會的。」

於是我摸摸朝凪的頭。就像以前朝凪對我做的那樣。

「……唉～真的全都說出來了。過去的事，還有喜歡和討厭之類的，一切的一切……而且就算說出口也一點都不覺得輕鬆。我真差勁。真的爛透了。」

「朝凪討厭自己嗎？」

「那還用說。到頭來，我對夕做出自己也覺得很討厭的事。我把我和前原的事保密，對她說謊，只有自己一個人和前原玩得開心……這樣的我教人怎麼喜歡？」

而且不只一次，是很多次。

然而她會這樣，也是我害的。因為我要她對包括天海同學在內的全班同學保密，製造出方便朝凪說謊的狀況。

「……朝凪之後有什麼打算？」

我看準她冷靜下來的時候，切入正題。

「……這是什麼意思？」

「就是妳打算怎麼面對天海同學？是希望和以前一樣，還是暫時保持距離之類的。」

說出口的話，事到如今已經無法收回，滿溢而出的心情也不會恢復原狀。我認為正是因為這樣，更需要討論今後想怎麼做。

討論朝凪和天海同學，以及和我的關係。

「……前原希望我怎麼做？」

「反過來問我啊……那是沒關係，畢竟是我先提的，所以我就說了。」

「……嗯。」

「我認為，暫時保持距離可能比較好。」

「這……是指哪邊？」

「我和朝凪。」

其實自從被天海同學拆穿之後，我就一直在想。

考慮到彼此的個性，今後即使我們兩個人一起玩，多半也沒辦法純粹感到開心。因為我們對於用謊言矇騙天海同學所抱持的罪惡感，一定會在某些地方冒出來。

所以才需要重置我和朝凪的關係。請朝凪優先和天海同學和好，之後等待狀況穩定下來再來思考。

「啊，說是保持距離，也只是暫時不要只有我們兩個人一起玩，我不是說連朋友都不當了，這點妳不要誤會。」

「前原，可是這樣……」

「我們在同一個班，今後也會經常碰面，也可以像平常那樣悄悄傳訊息聊天。而且還有一起當執行委員所以有了交情的理由，就算我們在班上說話，也很好找藉口……」

「前原！」

「唔，怎麼啦？」

「前原，你也太自說自話了。你也要好好聽我說的，好嗎？」

「啊……」

聽到朝凪這句話，讓我找回了冷靜。

明明最重要的是朝凪的心意，我卻只顧著自己說個不停，到頭來還是想把自己的意見強加給朝凪。

「……抱歉，我也有點慌了。」

「不會，我才要說抱歉。我只想著自己，完全沒有考慮到前原。明知前原比我更沒有餘力顧慮別的事。」

她說得沒錯，對我而言這是第一次交朋友，也是第一次成為人際關係糾紛的當事人。

這樣的我以為能夠解決天海同學與朝凪長年以來的問題，未免太過自以為是。

「前原，來，握我的手。然後深呼吸。」

「……嗯。」

我照她的話去做，用力地深呼吸兩三次。

就像早上我讓朝凪做的那樣。

「怎麼樣？冷靜一點了嗎？這是幾根？」

「三根……喂，我又沒有撞到頭。」

「啊哈哈，看起來是沒事了。可是還是再握一下手吧。」

「……嗯，好吧。」

結果還是被朝凪安慰了。

對天海同學說得那麼帥氣，實際來到朝凪面前卻是像這樣撒嬌……我果然很遜。

「前原，可以問你一個問題嗎？」

「……什麼問題？」

「坦白告訴我……不能再跟我一起玩，會感到寂寞嗎？」

「呃……」

事到如今再逞強也瞞不過朝凪，所以我決定說實話。

「……當然會寂寞。那還用說。」

即使逞強，真心話也不會變。

以往的我一直以為獨自一人比較符合我的個性。雖說不是沒有憧憬，但我認為與人來往盡是些麻煩事，不會有什麼好事。

然而我錯了。我只是還不曾體會與可以推心置腹的朋友在一起的自在，絕對不是擅長面對孤獨。

當然了，與朋友來往自然會有麻煩事，但是即便如此，先前和朝凪一起度過的時間還是非常開心。連麻煩事也可以拿來說笑。

我和朝凪的朋友關係，不會因為拉開距離而消失。

即使如此，寂寞還是寂寞。

「欸，前原。」

「……嗯。」

「前原今後也想繼續維持跟我的關係嗎？」

「……我想繼續，也希望朝凪能與天海同學和好。」

「哇啊，真是任性。就算是夕，說不定也會暴怒喔。」

「我當然知道。所以我才說要保持距離。」

「就是啊。畢竟我一直對夕說謊，這筆帳不先算清楚，我和前原就沒辦法前進。」

要天海同學原諒先前的一切，而且今後仍想和朝凪維持這種對我們來說都很方便的關係，未免想得太過美好。

這些環節都得好好考慮清楚才行。

「可是，前原的心意我明白了。謝謝你坦白告訴我。」

「不客氣……那麼妳決定要怎麼做了嗎？」

「嗯。雖然還是有點迷惘……可是我相信這無論對我們，還是對夕都是好的選擇。」

朝凪似乎下定決心，先前垂頭喪氣的模樣已經消失，變回平常冷靜的朝凪海。

「知道了。那麼我們回去找天海同學，好好道歉吧。」

「嗯。」

我牽著朝凪的手，趕往天海同學身邊。

為了讓她清楚知道我們的交情，我們決定一直牽著手不放。

回到先前的地方一看，只見天海同學面帶笑容迎接我們。

「歡迎回來，真樹同學。謝謝你帶海過來。」

「這點小事沒什麼……朝凪，去吧。」

「嗯。」

海依依不捨地放手，然後走到天海同學面前。

「海，妳和真樹同學變得很要好呢。」

「嗯……雖然是最近的事。不過，他是我重要的朋友。」

「意思是比我還重要嗎？」

「不管是夕還是前原都一樣重要。沒有誰比誰重要。」

似乎是因為下定決心，朝凪已經不再顯得軟弱。

我本來還很擔心，但是看到她的模樣，接下來我應該只要在一旁看著就好。

「——夕，之前我對妳說謊，把我和前原的事瞞著妳，真的很對不起。」

朝凪如此切入正題，朝天海同學深深鞠躬。

正因為是推心置腹的好朋友，所以更不能敷衍帶過，而是好好地、真摯地道歉。

「……真的，海是笨蛋。我一直好害怕。害怕搞不好海已經不把我當朋友了。畢竟真樹同學不但腦袋比較好，人又體貼，比我這種只有可愛的人偶重要多了。」

天海同學也和朝凪一樣，笑容背後藏著不為人知的不安。

交到朋友的現在，我多少能夠理解這種擔心好朋友說不定會離自己而去的恐懼。

「對不起，夕。讓好朋友這樣擔心受怕，我真的是笨蛋。」

「這麼說來我也一樣。我沒發現海的煩惱，一直依賴海……所以我也得道歉。」

兩人牽著彼此的手，熱淚盈眶。

要變回以前那樣的關係或許有點困難，但是即使如此，我還是希望她們能變回以前那樣的好朋友。

「……夕，我啊，打算暫時跟前原保持距離。」

「咦……？」

聽到這句話，天海同學的視線朝我看來。

像是在問：「這樣好嗎？」我則是用力點頭回應。

「真樹同學，這樣真的好嗎？海說的『暫時』大概不是一週或兩週喔？可能是一個月、兩個月，搞不好更久……」

「也許吧。畢竟朝凪有些地方挺頑固的。」

說是「暫時」也就是並未設定明確的時間，考慮到朝凪的個性，總覺得會很久。由於以往都很開心，少了這樣的時光，老實說確實很寂寞。

「就算這樣，真樹同學還是要照海的話去做？」

「嗯。這次我打算無論如何，都要尊重朝凪的想法。」

「這樣啊……」

天海同學確定我和朝凪兩個人的決心不會改變之後說道：

「不管是海還是真樹同學……你們都是貨真價實的笨蛋。」

我無從反駁，事實就是如此。這就像是天海同學都說原諒我們了，我們卻請她不要原諒我們一樣。

「對不起，夕。可是不這麼做，我覺得自己沒辦法前進。為了和妳當個不僅限口頭上的『好朋友』……而是真正『對等的朋友』。」

「海……」

我想朝凪和天海同學不一樣，內心深處還是有些不相信她。現在回想起來，當初她不找天海同學商量她和二取同學和北條同學之間的糾紛，說不定也是出自這樣的心思。

「欸，夕。」

「什麼事？」

「頑固、愚笨、自卑感外露，還一直對夕做了很過分的事情……我就是這樣的人，但是妳願意重新和我當朋友嗎？」

朝凪反省這樣的自己，試圖改變。

不再獨自煩惱，展露羞於見人或是討人厭的一面，試圖和天海同學成為真正的朋友。

「朋友……不是好朋友嗎？」

「嗯。我想先從好好建立對等的關係開始，至於好朋友得在這之後。還沒成為真正的朋友就突然變成好朋友，這樣不對吧？」

為此，她把與我的時間全都分配給天海同學，嘗試修補關係。

這才是和我保持距離的真正目的。

「海，妳是認真的吧？」

「嗯。這次真的不是說謊……絕對。」

「真拿妳沒辦法……」

看到朝凪回答時的堅定眼神，天海同學重重呼出一口氣。

她知道朝凪的決心不會動搖，似乎願意妥協——

「……這樣肯定是不行的啊。」

——沒想到天海同學給出意料之外的回答。

「咦？夕，為什麼？」

「因為這樣真樹同學豈不是很可憐嗎？真樹同學也想和他的朋友海一起玩，卻被我獨占……這只是把我和真樹同學的立場對調而已吧？這樣不行啦，絕對不行。」

「可是，那就和現在沒有兩樣……」

維持我和朝凪現在的關係，然後和天海同學也和好——這下無論再怎麼說，天海同學也太爛好人了。

「哼哼，別擔心。相對的，我有事要拜託你們。」

「咦？」

看來天海同學似乎有能夠一舉解決這個問題的好主意。

有著能讓朝凪和天海同學雙方都能認同的解決方式。

「欸，你們兩個……還記得我衝去真樹同學家那天的事嗎？」

「這個嘛……對吧，前原？」

「嗯，是啊，那個……」

我們兩個人打著準備校慶的名義，躲起來玩得正開心時，看到顯示在對講機上的天海同學時，真的嚇出了一身冷汗。直到現在，我都能鮮明想起當時天海同學落寞的微笑。

「當時你們兩個背著我，到底在做些什麼呢？我好想看看海和真樹同學的祕密娛樂的後續耶～」

平時有如天使的微笑，只有這個時候感覺像是小惡魔。

校慶結束之後過了幾天，回收空罐、整理展覽品等收拾工作告一段落後，決定將這件事付諸實行。

——叮咚。

「……你好，我是前原。」

『呀喝——真樹同學。』

「……請問是哪位？」

『喂～！你也差不多該死心了，給我開門～！』

要是她就這麼賴在門口，會給鄰居添麻煩的，所以還是先讓她進來再說。

今天一整天，天海同學的情緒都有些亢奮，她的身旁則是站著臉頰一直泛紅的朝凪。

「……喲，前原。」

「喲、喲……朝凪。」

我和朝凪像平常那樣打聲招呼。

天海同學提議的懲罰，在這個時刻已經開始。

「嗯哼哼～今天的我是空氣喔。請兩位不要在乎空氣，像平常那樣放輕鬆就好。」

天海同學坐在餐桌旁，露出一臉賊笑的表情看著坐在沙發上，肩膀碰在一起的我們。

……她能這麼開心真是再好也不過。

「雖然彼此都答應了……可是真的去做還是會緊張啊。」

「嗯、嗯……而且我們那個時候在做什麼呢？」

為了把以往的事情扯平，天海同學給我和朝凪一個任務。

『我要你們在我面前做些平時做的事（而且還要假設我不在場）』——簡單來說大概就是這樣的請求。

「我口渴了，先喝個咖啡吧……呃，老樣子就好嗎？」

「嗯、嗯。啊，可是今天我想要加牛奶和糖。」

「這樣會很甜，可以嗎？」

「嗯。感覺今天是這種心情。」

「知道了。那、那我也一樣吧。」

雖然很擔心這樣到底要不要緊，但是看向等同於空氣（如此自稱）的天海同學算是犯規，所以我只能咬牙忍耐。

「呃……好。」

「謝、謝謝。」

從我手上接過馬克杯的朝凪動作也比平常僵硬得多。

「呼……好甜，真的好甜。」

「畢竟依照妳的要求加了糖啊。」

「嗯，正是我所想像的甜度。調得很好，值得嘉獎。」

「不客氣。」

我們兩個人坐在沙發上，兩個人一起喝著比咖啡歐蕾還甜的咖啡。肩膀碰在一起這點小事明明是很正常的，現在卻顯得格外難為情。然而正是因為這樣，才稱得上是處罰。

「……總之先來玩遊戲吧？」

「是啊。啊，話先說在前面，我今天的勝率一定會超過百分之五十。」

「放馬過來啊。不過我今天的狀況莫名有點差，妳也許有一點點機會。」

「這、這樣啊。不過我也一樣，狀況莫名不太好，這點算是五五波吧。」

總之只要一如往常就好。因為天海同學並不是要求我們打情罵俏。

「等等，前原，這招也太煩。」

「不，這很普通吧。」

「啊，等一下，放過我啦。」

「不要。」

「嘿。」

「啊，妳……不要碰別人的控制器好嗎？」

「咦？我的手做了什麼嗎？對不起，我的手不聽使喚。」

「這傢伙。」

儘管一開始很僵硬，但是隨著對戰逐漸升溫，我和朝凪都慢慢找回原本的步調。

「哎、哎呀？朝凪同學怎麼了嗎？今天是肚子還是哪裡痛嗎？」

「咕……再、再來一局啦笨蛋！」

「好好好，當然可以。」

「『好』說一次就好！你媽媽有教過你吧？」

「好好好。」

「臭小子，少得意忘形。」

「……對不起。」

雖然挑釁的次數比平常多，但是我和朝凪差不多就是這樣。

要說這樣究竟能不能讓天海同學滿意，確實讓人感到懷疑，但是我們並沒有造假，所以就這樣繼續下去。

「啊～夠了，不玩了不玩了。我再也不玩這種遊戲了。」

「哈哈，好吧，期待您下次的挑戰。」

「這傢伙……下次我一定要讓你說不出話來，下週之前你就洗乾淨脖子——」

「好啊，不管是下週還是何時我都奉陪——」

「「啊……」」

這時的我和朝凪都察覺到了。

察覺到明明曾經決定「不再見面」，但是實際像這樣一起玩，就會發現到頭來，我們還是下意識地尋求彼此。

畢竟我們幾乎每週都是這樣度過。

「……啊～夠了！」

「朝凪？妳做什麼——」

「我要好好告訴夕。這次一定要好好說出自己的真心話。」

朝凪起身走向負責監視的天海同學。

「……怎麼了？找我這個空氣有什麼事嗎？」

「夕，抱歉。跟前原在一起玩果然很開心。要我暫時不見他這種事，現在的我絕對辦不到……」

如此說道的朝凪和前幾天一樣，朝著她低頭。

跟天海同學和好，並且照樣維持與我的往來——看來朝凪的真心話果然也和我一樣。

「我想就算增加和夕相處的時間，照這樣下去，遲早也會想起前原。夕明明就在我的眼前，腦中卻是想著另一個人，這樣對夕來說反而很不誠懇。」

「……妳看，我說得沒錯吧？妳現在懂了嗎？」

「嗯……這次是我輸了。」

看來在執行處罰之前，她們之間已經談過了。

前原真樹和朝凪海，已經無法輕易拉開距離——也許天海同學是為了讓朝凪察覺到這件事，才會想到今天這個「要求」。

「欸，夕，可以請妳重新聽我說一下我的任性要求嗎？」

「嗯，可以啊。之前一直都是海的付出，偶爾我也想好好回應一下……畢竟海是我最要好的朋友嘛。」

「啊……」

沒錯。也許朝凪對很多人來說是「第二」，仍然能夠成為某些人的「第一」。

天海同學是如此，朝凪的雙親也是，其他人也是。

當然對我而言……該怎麼說，我的情形是除了朝凪以外就沒有特別親密的朋友，所以能不能算是「第一」有點疑問。

「那麼我重新說一次……夕，關於我週五的時間，可以照樣撥給前原嗎？雖然今後也會因為同樣的狀況讓夕寂寞，這點我也感到過意不去。」

「嗯，可以啊。只是相對的，我會更加對海撒嬌。」

「知道了。那麼……謝謝妳，夕。」

「彼此彼此，海。」

於是作為和好的證明，兩人相互擁抱，為彼此的過錯道歉。

雖然不知道這樣能否讓她們完全恢復原狀，但是現在的她們，應該能夠培養出比以前更加深刻的情誼。

「好了，既然跟海真正和好了，我要回去了。畢竟天都黑了，肚子也餓了。」

「就是啊。那我也一起——」

朝凪打算一起回去，然而天海同學揮手制止她。

「不不不，今天我一個人回去，海就和真樹同學多待一會兒再走吧。這樣真樹同學也會比較開心吧？」

「不，今天已經很累了，我覺得——」

「比較開心吧？」

「……是、是啊。」

天海同學散發令人意想不到的魄力，讓我反射性地點頭。

我覺得天海同學有一瞬間看起來像是朝凪，是我的錯覺嗎？

「我這個空氣要消失了，之後就好好享受只屬於兩位的週末吧。那就這樣～」

「啊，夕……等等。」

天海同學也不理會朝凪想叫住她，轉眼間便從我們面前消失了。

有如暴風雨一般把我們耍得團團轉，又以太陽似的滿臉笑容離開。

這幾天我有了切身的體認，那就是天海同學一定也和空伯母一樣，是個千萬不可以惹她生氣的對象。

「「……」」

被扔下的我們面面相覷。

「那……先看個電影再說吧？」

「也、也對。」

我們再度回到原來的位置，開始看電影。

雖然沒有人礙事，但是莫名比剛才還要尷尬，彼此還會微妙地拉開距離。

「朝凪要看什麼？」

「嗯……只要是前原想看的，我都隨便。」

「隨便才最傷腦筋的……啊，這個怎麼樣？」

我看著電視節目表，目光停在「（特集）特別企畫！漫長秋夜看到天亮的十二小時鯊魚電影馬拉松！」這一行字上。從連我也聽過的不朽名作，到散發B級片氣息的陌生作品，專門頻道就是會有這樣的企畫，所以我很喜歡。

「喔喔，好耶。那麼就看這個。內容也很適合我們。」

「是吧。」

片中充滿了吐槽點，所以只要看這個，應該不會缺聊天的話題。

「——哈啾！」

我拿起遙控器正準備轉台時，打了個噴嚏。

剛才我都沒發現，但是到了晚上似乎變得挺冷的。

「啊！前原，你還好嗎？」

「啊啊，嗯，只是鼻子有點癢，沒事——嘿啾！」

「……哪裡沒事了。冷了就要說會冷，你偏偏要逞強。」

「直、直到剛才都沒事啊。」

「真是個需要人照顧的傢伙……」

如此說道的朝凪拿起手邊的毯子，對著我招手。

「來，過來。」

「咦？」

「咦什麼啊，我是要讓你一起蓋，才會叫你過來。」

「呃……也就是說，這個，一起蓋同一條毯子，是嗎？」

「不、不然還有什麼啦……動一下腦啊，笨蛋。」

看樣子就是這樣不會錯。

「就、就是啊，抱歉——嘿啾！」

「啊啊真是的……快點，再磨磨蹭蹭就要感冒了，趕快進來。」

「……打擾了。」

感覺真的會像朝凪說的那樣，所以我決定乖乖聽話。

我慢慢在朝凪身旁坐下，她立刻靠著我，兩個人蓋同一條毯子。

「啊，機會難得，幫你圍個圍巾。臉轉過來。」

「咦……可是——」

「別囉哩囉唆的，快點。」

「嗯……」

我聽從朝凪的吩咐，蓋著毯子，圍著圍巾，至於朝凪本人就在我的身邊。

「好，再來把剩下的圍巾圍在我的脖子上……好了。」

我們兩人肩並肩相互依偎，不但蓋同一條毯子，還圍同一條圍巾。

「怎麼樣？這樣就很暖和吧？」

「確實很暖……可是，這樣實在有點——」

……該說是難為情嗎？

「少、少囉唆。我也在忍耐，所以前原也要忍耐。好啦，看電影吧。」

「嗯、嗯。」

總之我先把目光轉向電視畫面，但是理所當然十分在意身旁，沒辦法專心。

明明剛才還很冷，現在卻因為難為情與緊張，感覺身體似乎愈來愈熱。

身旁的朝凪身上，以及朝凪的圍巾都傳來淡淡的甜美香氣，讓我不由得怦然心動。

我們的身體靠在一起，不知道我的體味要不要緊？畢竟我還沒洗澡，不知是否會讓朝凪感覺不舒服呢？

我悄悄嗅了一下自己的味道。

「前原，你在做什麼？」

「沒有，因為我們靠這麼近，我在想會不會臭。」

「啊，原來你還知道要在意啊。好吧，只是已經糟到在意也沒用了。」

「唔！抱、抱歉。我還沒泡澡，所以……」

「騙你的。」

「…………」

我慢慢把手伸向朝凪的臉頰，用力一捏。

「痛痛痛，等、等等，真的不要再捏了。」

「囉唆，笨蛋。」

朝凪這傢伙一知道我在緊張，馬上就是這樣。

「痛痛痛……抱歉抱歉。我是說真的，不會臭，你放心吧。」

「真的假的～」

「嗯。倒是我才想問我要不要緊？」

「妳不用擔心啦。這對我來說反倒很好……」

「……嗯？」

「啊——」

一說出口的瞬間，我就知道自己失言了。

雖說是老實的感想，但是我竟然說朝凪的氣味很好聞。

說出這種話，我豈不是像個變態嗎？

「啊——不，剛才的意思是說，我也沒有放在心上，算是一不小心說錯了……所以絕不是我有什麼奇怪的感覺之類的……」

「……呵呵。」

「怎、怎樣啦？」

「沒有～我只是覺得你何必慌慌張張自圓其說，老實招來不就得了。」

原本以為又會被她取笑，但是朝凪難得正經地回應我。

依照朝凪的個性，應該不是我剛才捏她臉頰有了效果。

「……妳不取笑我啊？」

「我才不會這麼做。因為聞氣味這種事，大家扯平了。」

「扯平……」

「對了，上次我在這裡過夜時的事，你還記得嗎？」

「記得啊……」

說到這個，當時的朝凪不管是玩到睡著，還是留下來過夜睡覺時，都裹在我的棉被或是毯子裡。

雖說當時的棉被剛曬過不久，但是無法完全去除我的氣味，所以多少有些過意不去。

「妳說扯平……那——」

「嗯。也就是說，聞到別人的氣味會心跳加速的，並不是只有前原。」

如此說道的朝凪與我靠得更緊了。

「……前原的氣味，果然讓人很安心。雖然不算香，但也不覺得討厭。」

「這樣啊。那就好……嗎？」

「嗯，太好了。」

隔著制服傳來朝凪的溫暖與柔軟。

電影正好演到食人鯊和當地的超強漁夫戰鬥的場面，但是我和朝凪的視線不是看著電視，而是望著彼此的臉。

「欸，前原。」

「什麼事？」

「可以叫你真樹嗎？」

「……如果海想這麼叫的話。」

「唔……」

海整張臉瞬間變得通紅。

「怎、怎麼了，海？」

「……嘿！」

「好痛，為什麼彈我額頭啊。」

「誰教真樹那麼囂張。」

「我只是叫了妳的名字吧？太不講理了。」

「嘿嘿，我就是這樣的女生，沒辦法～」

她露出看似不高興的表情，卻又挽著我的手臂。這是什麼情形。

時而露出開心的表情、時而生氣、時而賊笑、時而難為情。她可真忙。

不過這也是海可愛的地方。

「那個……海。」

「嗯？」

「這樣很難為情，所以我不太說這種話。」

「嗯，什麼事？」

「像現在這樣笑著的海，我覺得……可愛得不輸任何人。至少我是這樣想的。」

「——」

似乎認為自己的外貌完全輸給天海同學，其實沒有那回事。

真正的朝凪海有著不輸任何人的魅力。

「所以說，如果能讓大家看到海不是只有平常那副漫不在乎的樣子，而是也有這樣的一面，大家一定會對海另眼相看。」

我不知道這是不是此時此地該說的話，不過這就是我現在的想法。

「欸，真樹。」

「什、什麼事？」

海聽到我這麼說，漸漸浮現壞心眼的笑容。

「真樹果然喜歡我吧？」

「唔……」

之前都是拿朋友當藉口，然而事到如今已經行不通。

這是我第一次有這樣的感覺，所以沒辦法說得很清楚。

可是即使如此，我對海還是懷有超乎朋友的感情。

起初我把她當成合得來的朋友，但是隨著一起玩的時間增加，又因為校慶的準備工作，在學校裡也有更多時間在一起，讓海在我心中的分量變得愈來愈重。

想要更加珍惜眼前的女生——這想必不是對「朋友」或「好朋友」該有的感情。

雖然事到如今要坦承說出這一點，還是很難為情。

「也、也沒那麼喜歡……妳啊。」

「不不不，這樣未免太說不過去～告訴你，話先說在前面，『可愛得不輸給任何人』這種話可是只有很喜歡我的人才說得出口的台詞耶？」

「哎呀，我偶爾也能說出幾句機靈的客套話。」

「少來少來～你也差不多該老實點了～來來來，好好看著我，試著說聲『喜歡』吧？啊，對了，要不要我在你的臉頰親一個？你會很開心吧？」

「啊～夠了，煩死了，不要擠過來啦笨蛋。我才不開心。」

「真是的，這麼愛逞強～戳戳。」

「啊啊，不要戳我的臉頰。」

之後直到回家時間，我一直遭到海的捉弄。

這樣果然是只有我們兩人，一如往常的週末。

兩人獨處的快樂時間轉眼間就過去，時間到了晚上。

「啊～今天也和真樹玩了一整天，真開心～奇怪？真樹怎麼了？感覺好像有點累？」

「畢竟我被當成玩具玩了一整天啊。」

在那之後一直被海捉弄，就算想逃開，她又會說「這樣你會感冒」把我捉住——多虧了她，我完全忘記寒冷。

再加上我還說出海「可愛得不輸給任何人」還有很多其他發言……啊啊真是的，光是現在回想起來，就連耳朵也在發燙。

「……啊～我們到底在做什麼呀？明明不久前才說好不要一起玩，現在卻鬧得這麼開心，還讓夕原諒了這一切。」

「……就是啊，我們真的無藥可救了。」

搞不好天海同學就是看準事情會變成這樣，才會強行帶著海過來？

包括帶海過來的時機在內，真沒想到她有這麼深謀遠慮的一面。不知道這是因為少根筋，還是經過盤算，或者兩者都是呢？

「那麼差不多該走了。」

「嗯。」

由於一個人走夜路很危險，我也出門送海回家。雖然我其實不在乎送不送，只是想盡可能延長跟海在一起的時間。

「唔唔，好冷～！下次至少要穿個絲襪再來～」

一走出大樓玄關，刺骨的寒風就猛烈吹襲我們。雖說是晚上，現在還是十一月中旬，卻已經冷得像是寒冬。

「妳還好嗎？來，暖暖包。」

「謝謝……等等，真樹你啊……」

「怎樣？」

「不，我知道真樹重視功能性，可是……這件衣服實在——」

看來果然是對我的服裝有意見。

我穿著蓬鬆的黑色羽絨外套，底下是黑色牛仔褲。牛仔褲底下還多穿一件褲子，防寒做得非常澈底。當然不用說也知道這個模樣很土。

「就算四周沒有人，你好歹也是跟女孩子走在一起。還有，穿得一身黑走在夜路上，會被車撞的。」

「唔……」

這是事實，所以沒有反駁的餘地。如果是為了避免車禍，只要在衣服上貼些螢光貼紙就好，但是我實在不想被當成兼職交管。

「是這樣嗎……可是一到挑選衣服的時候，我就是會選深藍色、黑色或是灰色之類比較不起眼的顏色。顏色明亮的衣服……總覺得跟我不搭。」

「那單純是臉……不，我是說髮型之類的問題吧？就算只把瀏海剪短一點，印象也會完全不一樣。大概、可能、應該……」

「不好意思，我這張臉就是不怎麼樣。」

「呵呵，別那麼不高興嘛。現在的真樹比起之前的撲克臉，已經變得柔和很多了，只要方法得宜，我想給人的印象也會改變，不用擔心啦。」

是這樣嗎？不過既然海這麼說，也許可以相信吧。

「知道了。那麼下週妳再多教教我。」
「嗯，那就下週見。」
下週。一如往常的時間、一如往常的地點，就我們兩個人。
我們訂下這樣的約定，默默地、慢慢地走在前往朝凪家的路上。
「……海，那個——」
「……嗯，可以喔。」
我和朝凪走在除了我們以外一個人也沒有，只有間隔相同的路燈照亮的路旁，自然而然地牽起了手。
這樣還是會冷，所以我把海的手拉進我的口袋裡。
「……好暖和喔。雖然不甘心，但是功能性的確出色。」
「對吧？畢竟本來就很暖，還放了暖暖包。」
「好像老爺爺喔……不過只有現在，我就原諒你吧。」
「那可真是多謝。雖然在別人面前我會難為情，所以不敢這樣。」
「……是啊。這樣太不妙了。」
如果班上同學看到這個場面會很麻煩，但是哪怕被人目擊，我也不打算停止往來。
今後也是一樣，我既不打算特意強調我和朝凪之間的親密朋友關係，也不會太偷偷摸摸。我認為今後在學校裡，我也能夠以這樣的方式與海互動。

「真樹……就快要到家了。」

「……嗯。」

我們原本就以偏慢的步調走著，這下每一步的步伐又變得更小。

劇烈降溫的夜路上。

換作是平常，應該會想趕快回家取暖，但是只有現在，只想這樣繼續待著。還想多感受一下牢牢握住的手中傳來的溫暖。

「欸，真樹。」

「……什麼事？」

「你喜歡我嗎？」

「……」

聽到這句話，我不由得心臟噗通一跳。

「這……是什麼意思？」

「你猜猜是什麼意思？」

「唔……」

又是這種奸詐的問題。

海是我重要的朋友，如果從這一點來看，當然是「喜歡」。如果是這個角度，我們肯定是互相「喜歡」。

「這、這個問題太難了，我搞不太懂……吧。」

「……明明只是說喜歡還是討厭？」

「喜歡或討厭，不是那麼單純的感情吧？」

相信海也透過和天海同學的這些事，切身體認到這一點。

雖然喜歡卻又討厭，或是正因為喜歡才想變得更喜歡。

我現在的心情，究竟什麼才是正確答案呢？

「我反而想問海喜歡我嗎？剛才的提問，說的可就是這種意思喔。」

「嗯～聽你這麼一問確實有點難……」

海思考了一會兒，微微低頭輕聲說道：

「……我對真樹的想法，也許不是喜歡。」

「又是這種半吊子的說法……也不是討厭？」

「嗯。因為我對真樹不是喜歡……」

海隔了一拍繼續說下去：

「……是好喜歡。」

「——咦？」

不是喜歡。

是好喜歡。

這到底是什麼意思——

「——喔，說著說著就到家門口了……那、那麼我回去了。」

「啊，嗯、嗯。下週見。」

「嗯，下週再見。」

海連耳朵都紅了，慌慌張張地消失在門後。

「所以我才說，這樣子……」

我遲遲無法理解她突然拋出這句話是什麼意思，在朝凪家門前傻傻站了好一會兒。

……這樣子太狡猾了。

六日過去，甚至到了週一，我理所當然感到非常苦惱。

——不是喜歡，是好喜歡。

「唔……」

前幾天的晚上，海低聲對我說的那句話縈繞在耳邊久久不散。

「海那傢伙，到底是什麼意思……」

她既然特地說是好喜歡，所以並非朋友關係的好感……我是這麼覺得。

雖然不知道她的心意，但也表示抱持超乎朋友的感情。

這樣看來，當時海的那句話……是在告白嗎？

如果真是這樣，我當然很開心。因為我有好感的女生對我說「好喜歡你」。

「我應該有所回應吧……不，可是我得先弄清楚真正的含意才行。」

這是戀愛方面的喜歡，還是朋友之間的喜歡？如果是前者，只要我回答就好，但如果是後者，我就是個會錯意的傢伙。

海是怎麼看待我的？我想知道她的心聲。可是我又問不出「妳想和我交往嗎？」這種沒神經的話。

今天雖是星期一早晨，但是海沒打電話也沒有傳訊息，當然了，我也沒傳。

「早啊，真樹。媽媽今天要去遠一點的地方開會，所以先出門了……呃，你在床上做什麼？模仿毛毛蟲？」

「……沒什麼。」

「是嗎？你從放假那天開始一直是這樣……之前我都沒問，不過該不會是週五那天跟小海發生了什麼事吧？」

看來媽媽都看在眼裡。放假期間海的「好喜歡」一直在我腦中迴盪，讓我苦悶不已，沒有餘力顧及周遭。

「……也、也沒有，什麼事……」

「喔～好吧，不想說的話也沒關係。不過如果要帶回家，就要好好跟媽媽說。媽媽會比平常多準備點錢給妳。」

「……我知道啦，慢走。」

「好好好，我出門了。」

我目送母親出門，自己也趕緊進行早上的準備。結果剛才思考的那些事還是一直在腦中迴旋，讓我沒什麼睡。

黑眼圈比平常更明顯。雖然不是討厭的煩惱，但是這下子海說不定也會覺得奇怪。

雖然以前也有過幾次週一不想上學的情形，但在幾個月前，作夢也想不到會有因為不知道怎麼回應女生的告白，而不想上學的一天。

「就算是這樣的我，海還是好喜歡我……」

燒開水的茶壺映出自己變形的臉。看起來像是不高興，其實只是眼神凶惡了點，並沒有什麼特徵。

我想會對這樣的我有意思的人，包括過去與未來在內，想必也只有海了。我長得其貌不揚，邊緣久了導致內在也很扭曲，但是仍然有個女孩子喜歡這樣的我。

正因為如此，我得把現在自己的心意老實告訴海才行。

……雖然如果只是我會錯意，那可就太悽慘了。

「……嗯，決定了。」

我一口氣喝下熱咖啡打起精神，結果門鈴通知前原家有罕見的晨間訪客。

「你好。」

『欸嘿嘿，真樹同學早安～』

『……早、早啊，真樹。』

「天海同學……還有海。」

螢幕上顯示著與上週五同樣的面孔。

笑咪咪的天海同學，以及臉頰泛紅，微微低頭的海。

我請她們進入家裡，詢問狀況。

「抱歉了，真樹同學，我們突然找上門。」

「不會。我已經準備好了，所以不要緊……出了什麼事嗎？」

「嗯。海有找我商量上週五的事。當然是我回去以後的事。」

「……啊啊，原來如此。」

我想過這種可能，看來她已經全都向天海同學招了。

這麼說來，海果然——

海的眼睛下方也有難得的淡淡黑眼圈。

「海，這個，妳的黑眼圈——」

「唔……不、不要看啦，笨蛋。」

……搞不好海在休假期間的心情也和我差不多。

無論我還是海都因為太難為情，不由得撇開視線。

「可是……天海同學，為什麼一大早過來這裡？」

「嗯，其實我還有一件事想要麻煩你們。」

「咦……」

萬萬沒想到還會再來一次。這下子真有點出乎意料。

「妳、妳說的事，該不會是現在要做吧？」

「嗯。我等一下會說，不過這是有各式各樣的考量……當然要不要接受是你們的自由，就算你們不做，我也不會說之前的都不算數。」

「也就是說，這純粹是天海同學的請求？」

「對對，就是這樣。」

也就是說，單純交給我與海來判斷該怎麼做。

考慮到上週的情況，也許又會讓我與海感到不好意思。由於馬上就得上學，所以肯定得暴露在眾人環視之下。

「……知道了。我沒問題。」

「真樹……」

看到我開口表示答應，海露出不安的表情。

「可、可以嗎？夕還沒有說要做什麼喔。」

「我的確只有不好的預感……可是該怎麼說，依照上週的發展，我覺得當成後續的懲罰加以接受也沒關係。而且天海同學似乎也很困擾。」

仔細想想，天海同學會對別人做出這樣的請求，正表示這個「情形」讓她很困擾，這點應該是事實。

我和天海同學是「朋友」，所以如果我的幫助有用，那麼我想盡可能提供幫助。

因為既然她對海來說很重要，那麼對我來說也很重要。

「還有，那個……海。」

「什麼事？」

天海同學就在眼前，不過說出來也沒關係吧。比起莫名感到害羞，這樣還比較好。

「我，那個，我的想法也和海一樣……只有這件事我想趁現在先說。」

「啊……呃，嗯、嗯。知道了。」

海似乎聽懂話中含意，只見她滿臉通紅地把視線從我身上移開。

「笨蛋。」海低聲說出的這兩個字，現在聽起來好舒暢。

「哼哼哼~既然真樹同學這麼說了……海，妳呢？」

「……既然真樹答應，我也沒問題。我本來就是這麼打算。」

「那就說定了。」

我和海都做出覺悟，這是一種儘管放馬過來的心境。

「那麼馬上請兩位要好地一起上學吧……哼哼哼。」

只是萬萬沒想到會變得這麼難為情。

「……真、真樹的手汗也太多了。」

「海、海自己還不是一樣。」

「哪、哪有有什麼辦法。我也是第一次做這種事啊。」

我們現在手牽著手，要好地走在早晨的上學路上。而且還是十指緊扣的狀態……也就是所謂的「情侶牽手」。

——那是怎樣？一大早的就秀恩愛給別人看喔？

——那是一年級的？女生很可愛嘛。雖然對象是不起眼的陰沉角。是處罰遊戲嗎？

由於正值上學時間的尖峰時段，眾人看著感情和睦（在他們眼中多半是這樣）的我們，拋出各式各樣的話語。羨慕占一成，剩下九成算是對我的嫉妒吧。

我雖然很想咂嘴，但是現在的我沒有那種心情。

總之趕快完成天海同學的「請求」——我滿腦子都是這樣的念頭。

「海，天海同學大概在哪裡？」

「嗯……就在我們後面剛好十公尺的地方……好像一個人躲在電線桿後面偷笑。」

「……既然天海同學開心就好，應該這麼說嗎？」

天海同學希望我們做的事，就是「從走出家門到走進教室，都一直用十指緊扣的牽手方式上學」。

當然了，在踏入教室的瞬間，肯定會受到眾人不約而同的注目，但是她說等到進入教室之後就可以裝作若無其事，也不用刻意強調我們的交情。

不過無論我們承認不承認，光是牽著手，那麼哪怕不是情人，我與海的關係相當親密這點，已經是無庸置疑的事實。

「比起這個，真沒想到班上竟然有謠言說我和天海同學在交往……海，妳知道嗎？」

「嗯。其實別班的女生有來找我和新奈她們打聽消息。不過終究只是無憑無據的傳聞，所以沒怎麼當一回事，而且這是常有的事，所以我也忘了。」

聽說雖然謠言出處不明，總之是在校慶準備期間或是在那之後傳開的，所以這些無憑無據的傳聞悄悄傳遍班級內外。由於我是邊緣人，所以完全沒聽說。

不知不覺間，後方的天海同學身邊多了新田同學。雖然她想用手機攝影，但是遭到天海同學委婉制止，但是大概得要有被不停追問的覺悟了。

「新奈……哼哼，那丫頭，晚點絕對要……」

「海同學，那個，妳握著這麼用力，我的手很痛……」

我一邊安撫說出危險發言的海，一邊走過校門來到教室。

已經進教室的同學們會有什麼反應，想當然耳不用多說。

「那、那麼我往這邊。」

「嗯、嗯。」

我們若無其事地放開手，走向各自的座位，但是找到上好話題的同學當然不會就這麼放過我們。

——啊啊，果然是這邊才對。

——是誰說他和天海同學在交往的？

——不，我也不知道……不過妳過去跟他們問一下啦。

——我才不要。朝凪從剛剛就好可怕。

至於海則是與晚一步進教室的天海同學一如往常地說笑，同時對準新田同學的太陽穴毫不留情地施展鐵爪功。

「好～各位同學，我們要點名了……呃，大家怎麼了？發生了什麼事嗎？」

「沒事，八木澤老師。我們趕快開始班會吧。」

「朝凪同學？咦，今天的值日生是妳嗎？」

「不是的。不過我們還是趕快開始吧。」

「這個我知道，可是現況明顯與平常不同——」

「明、明、就、一、樣、吧？」

「噫……！」

看來老師也瞬間理解最好別招惹現在的朝凪。

「也、也對。抱歉，是我多心了。那麼我來點名……」

海用神祕的魄力震攝八木澤老師，若無其事地讓班會進行下去。

「那個，前原同學。」

「抱歉，關於這件事就交給大山同學自己想像。」

順帶一提，之後的課堂上，海的耳朵一直很紅，非常可愛，這點我要在此加註。

終章

我們勉強撐過情侶牽手事件引發的班上同學好奇視線之後幾天。

我和海處於分不太清楚是情人還是朋友的微妙狀況，但是我們共處的時間確實比起以前有所增加。

首先是早上。

由於才剛起床，意識半朦朧半清醒時，最近很忙碌的我家門鈴響了。

「來了來了，這裡是前原家。」

『早安，伯母。真樹起來了嗎？』

「哎呀，小海早安。妳問真樹的話，他才剛起來，頭髮睡得有夠亂。」

『好的。那麼我稍微打擾一下，幫他打起精神吧。』

「不要在對講機前面做出甩巴掌的動作。」

本來是媽媽在應門，一看到我插嘴，海的表情便為之一亮。

比我早起跑來迎接我的人，竟然這麼有精神。

『真樹，早啊。』

「嗯，早安。先進來再說吧。」

『嗯！』

就像這樣，儘管不是每天，但是只要一有時間，我們就會一起上學。說是一起上學，但在途中便與天海同學會合，所以並非一直獨處。

旁人嫉妒的視線當然也變多了，那又是另外一回事。

「打擾了……嗚哇，你的臉比平常還糟。我來幫你整理，過來。」

「不、不用啦，又沒關係。這樣只要抹點水就夠了。」

「我是說我順便幫你整理。來，坐在這邊。」

如此說道的海拿起我愛用的髮蠟和梳子，俐落地把我睡得亂翹的頭髮梳理整齊。

「……媽媽，妳要一個人竊笑到什麼時候？」

「嗯～？我只是想到這下子就不用擔心真樹的將來了～」

「啊，是喔。」

我承受媽媽看好戲的視線大約五分鐘，髮型很快就整理完畢。

「來，大概是這樣。怎麼樣？」

「嗯，還不錯……吧。」

映在她遞過來的鏡子上面的臉孔，還是一樣不起眼，不過大概還在容許範圍吧。

感覺不是平常隨手撥弄的鳥窩頭，而是有所設計的凌亂髮型。

之後再處理一下因為每天晚睡而深深印在臉上的黑眼圈，也許這張臉就會變得多少能夠見人……也許吧。

「謝謝呢？」

「……謝、謝謝妳。」

「嘿嘿，不客氣……你很帥喔，真樹。」

「唔……就算稱讚我也不會有獎品。」

「雖然只是跟剛剛相比。大概提升了〇．一％？」

「喂。」

真希望她把剛才害我心跳加速的時間還給我。

「哎呀哎呀，這這這……呵呵。」

媽媽用數位相機幫我們拍照這點姑且不管，就像這樣，儘管日子不長，但是海已經相當融入前原家。

這樣一來，接下來就輪到我了吧。根據海的說法，她聽見空伯母開開心心地把我的事報告給她的父親大地伯父，所以我覺得愈來愈沒有退路了。聽說因為上次的過夜事件，媽媽和空伯母也建立起頻繁聯絡的交情，搞得周遭眾人一一認同了我們。

先把在一旁看戲搞得我很煩的媽媽趕去上班，然後與海悠哉地度過這段時間。

平常一大早喝起來索然無味的黑咖啡，現在卻覺得微微有點甜，這又是為什麼？

「雖然有點早，但是差不多走吧？」

「也對。夕也說剛出家門。」

我們兩個先收拾餐具，然後一起走出家門。

當然還是牢牢握著彼此的手。

「海……那個。」

「嗯？」

「關於那個時候的回答。」

我看準在電梯裡獨處的時候，下定決心切入正題。

我拖到今天都沒有明白給出答覆，一直含糊帶過的感覺實在不太舒服。

「謝謝妳說好喜歡我。從來沒有朋友，在班上也被當成空氣，長得不怎麼樣的我，竟然能夠和這麼可愛的女生交好，讓我感到很開心。」

「這樣啊……那麼就不枉我稍微鼓起勇氣吧。」

如果不是海找到我，我想我大概會變得更加彆扭，把自己關在自己的殼裡。能夠澈底完成校慶執行委員的工作，以及藉此讓班上同學對我稍微改觀，這一切全都多虧了海，以及與她的交集。

自我介紹的失敗，帶來了意想不到的幸運。

「那個，我現在好不容易才交到朋友，不太熟悉什麼男女朋友，或是情人之類的來往，還沒有自信可以抬頭挺胸地說出我是朝凪海的男朋友。」

即使如此，對於這段或許不會再有的緣分，我還是不想放手。

「……所以，海，雖然很抱歉我回答得這麼窩囊，但是希望妳能夠再等我一下，等到我能滿懷自信說出喜歡海。因為我希望自己能夠在大家面前抬頭挺胸地告訴他們，我和朝凪海正在交往。」

像現在這樣偷偷摸摸打鬧確實也很開心，但因此鬧出麻煩事也是事實，如果今後想要建立更進一步的關係，光明正大肯定是比較好的做法。

「那麼，你的意思是想繼續維持這樣的關係嗎？」

「該說是維持嗎……也對。」

既然我們都把彼此當成異性看待，要變回一開始的那種相處方式也有困難。所以——

「以成為情侶為前提的朋友關係，之類的。」

「這就像是以結婚為前提的交往嗎？也就是從朋友當起那一套。」

「我也不太會形容，不過我想……差不多就是那樣。」

雖然我和海已經是朋友，所以這樣的描述實在不算貼切。

「原來如此。也就是真樹竟然囂張到想把我當成備胎。」

「我、我不是這個意思……不過，可是妳會這麼想我也沒辦法……抱歉。」

「真是的。可是對真樹來說，真命天女是我這點已經無可動搖了吧？所以這次只有口頭警告就原諒你。真樹，還好我是這麼懂事的女生。換作是其他女生，可不是賞你一巴掌就能了事的。」

我想也是。真的，無論個性還是容貌，她都是個好到讓我配不上的女生。

這樣卻被說是「班上第二可愛的女生」……班上這些人的眼睛都白長了吧。

「總而言之，真樹的心意我明白了，所以暫時可以放心吧。說得也是，我們成為朋友也才快滿三個月，別那麼著急，慢慢來也不會遭天譴。」

「……是啊。但願如此。」

「嗯。不要管別人，就用我們的步調前進吧。」

一走出電梯，早晨的冷風迎面而來。

今天的氣溫也是從早上就是個位數，風也很強。得注意保暖才行。

「啊，真樹。你的東西掉了，地上。」

「咦？啊啊，抱歉。說不定是家裡的鑰匙——」

——啾。

當我的視線移開海身上的瞬間，一股微微濕潤的柔軟觸感貼上我的臉。

海親了我的臉頰。

「海、海……呃，這個……」

「欸嘿嘿，有破綻～」

海迅速與茫然的我拉開距離，將食指靠著自己的嘴唇說道：

「嘴唇就等我們正式交往再說……那麼我先去和夕會合了。」

「啊……嗯、嗯。知道了。」

「欸嘿嘿……真樹，我等你。」

羞紅了耳朵的海，靦腆地從我身邊跑開。

「就說不可以這樣……」

我同意依照我們自己的步調，但是這樣會不會跳太快了？

後記

已經隔了一年半不曾像這樣在這個場合寫後記了。我是作者。

關於今年，打從過年之後身體狀況就不太理想，始終在身上有些毛病的狀況下寫作，再加上新冠病毒的傳染，一直過著健康方面諸多不安的日子。因此完成創作之後，能夠像這樣寫後記，讓我鬆了一口氣。

本作《我和班上第二可愛的女生成為朋友》，是將在第六屆カクヨム網路小說大賽上獲得特別賞的同名作品調整之後出書的作品。雖然劇情的走向大致上不變，但是對於文中的事件等環節多少有進行改動，所以我覺得與網路版對照閱讀或許也不錯。

最後，我要感謝為了本次出書提供協助的各位。

Sneaker文庫編輯部、本作責任編輯K氏、負責插畫的長部トム老師、校對，然後還有各位比賽評審委員，以及現在依然在追連載進度的各位讀者，在此致上鄭重感謝。

雖然現在的日子還有各式各樣的不安，敬請多多注意健康。

其實是繼妹。～總覺得剛來的繼弟很黏我～ 1~2 待續

Kadokawa Fantastic Novels

作者：白井ムク　插畫：千種みのり

「老哥，你陪我練習……接吻吧？」
刺激的請求，開啟了全新的混亂局面！

晶的個性隨性，是個可愛過頭的弟……是像弟弟一樣的繼妹。自從她向我表明心意後，和我相處的距離還是老樣子。不對，我們之間的距離反而縮短，每天都過著心頭小鹿亂撞的兄妹生活！這是我和晶以一對兄妹、一對男女的身分，又成長了一點點的第二集！

各 **NT$260/HK$87**

繼母的拖油瓶是我的前女友 1~9 待續

Kadokawa Fantastic Novels

作者：紙城境介　插畫：たかやKi

該選擇與結女再次兩情相悅的未來，
還是幫助伊佐奈發揚才華的夢想？

水斗為伊佐奈的才華深深著迷，熱衷於她的職涯規劃。兩人為了轉換心情去聽遊戲創作者演講，主講人卻是結女的父親！儘管自知對結女的感情日益增長，然而事態將可能演變成家庭問題，水斗在戀情與現實間搖擺不定，結女卻開始積極進攻──

各 NT$220~270/HK$73~90

轉學後班上的清純可愛美少女，竟是小時候玩在一起的哥兒們 1~5 待續

Kadokawa Fantastic Novels

作者：雲雀湯　插畫：シソ

一如既往的關係，渴望改變的心。
兩人的天秤在搭檔和女孩子之間搖擺不定——

隼人轉學過來後，春希的生活有了一百八十度大轉變，乖寶寶的「偽裝」逐漸瓦解。暑假結束後，春希的生活又有了新的轉變，因為沙紀從月野瀨轉學過來了。在隼人心中，她不是妹妹或朋友，而是「女孩子」——

各 NT$220~270/HK$73~90

除了我之外，你不准和別人上演愛情喜劇 1~6（完）

Kadokawa Fantastic Novels

作者：羽場楽人　插畫：イコモチ

兩情相悅的兩人遇到最大危機!?
愛情喜劇迎向波瀾萬丈的完結篇！

經過文化祭上的公開求婚，我與夜華成為公認情侶。我們處於幸福的巔峰，然而情況急轉直下。夜華的雙親回國，提議一家人移居美國？夜華當然大力反對，但針對是否赴美的父女爭執持續不斷……只是高中生的我們，難道要被迫分離嗎？

各 **NT$200~270/HK$67~90**

不時輕聲地以俄語遮羞的鄰座艾莉同學 1~4.5 待續

Kadokawa Fantastic Novels

作者：燦燦SUN　插畫：ももこ

政近中了有希的催眠術而成為溺愛系型男？
描寫學生會成員夏季插曲的外傳短篇集登場！

艾莉進行超辣修行而前往拉麵店，遇到一名意外人物？想讓艾莉穿上可愛的泳裝！解放慾望的瑪夏害得艾莉成為換裝娃娃？又強又美麗的姊姊大人茅咲，與會長統也墜入情網的過程——充滿夏季風情的外傳短篇集繽紛登場！

各 **NT$200~260/HK$67~87**

救了想一躍而下的女高中生會發生什麼事？ 1~4（完）

Kadokawa Fantastic Novels

作者：岸馬きらく　插畫：黒なまこ　角色原案、漫畫：らたん

塑造出結城祐介的過去及一路走來的軌跡終將明朗。
加深兩人愛情與牽絆的第四集——

寒假第一天，兩人接受結城母親的邀請，前往結城老家。神色緊張的小鳥第一次見到了結城性格爽朗的母親，以及與哥哥截然不同，總是閉門不出的弟弟。不僅如此，甚至還出現一個宣稱自己喜歡結城的兒時玩伴……？

各 NT$200~220/HK$67~73

【好消息】我的不起眼未婚妻在家有夠可愛。 1~5 待續

Kadokawa Fantastic Novels

作者：氷高悠　插畫：たん旦

季節來到有著許多活動的12月，
遊一與結花的關係也將更進一步！

寒假即將來臨！教室裡、慶功宴上，結花努力和班上同學培養感情，甚至不惜Cosplay？遊一跟上結花的店鋪演唱會行程，展開只有兩人的旅行！而且必須在外過夜？接著來臨的是聖誕節。兩人在第一次共度的聖誕夜裡得到了什麼樣的「寶貴事物」呢——

各 **NT$200~230/HK$67~77**

國家圖書館出版品預行編目資料

我和班上第二可愛的女生成為朋友/たかた作 ; 邱鍾仁譯. -- 初版. -- 臺北市 : 臺灣角川股份有限公司, 2023.07-

冊 ;　公分. -- (Kadokawa fantastic novels)

譯自 : クラスで２番目に可愛い女の子と友だちになった

ISBN 978-626-352-698-3(第1冊 : 平裝)

861.57　　112007622

Kadokawa
Fantastic
Novels

我和班上第二可愛的女生成為朋友 1

（原著名：クラスで2番目に可愛い女の子と友だちになった）

2023年7月27日 初版第1刷發行
2024年7月16日 初版第3刷發行

作者：たかた
封面插畫：日向あずり
彩頁、內頁插畫：長部トム
譯者：邱鍾仁

發行人：台灣角川股份有限公司
總監：呂慧君
總編輯：蔡佩芬
主編：林秀儒
副主編：楊鎮遠
設計指導：陳晞叡
美術設計：莊捷寧
印務：李明修（主任）、張加恩（主任）、張凱棋、潘尚琪

發行所：台灣角川股份有限公司
地址：104台北市中山區松江路223號3樓
電話：（02）2515-3000
傳真：（02）2515-0033
網址：www.kadokawa.com.tw
劃撥帳戶：台灣角川股份有限公司
劃撥帳號：19487412
法律顧問：有澤法律事務所
製版：尚騰印刷事業有限公司
ISBN：978-626-352-698-3